クトゥルー・ミュトス・ファイルズ
The Cthulhu Mythos Files

クトゥルフ少女戦隊

第一部　セカイをわたしのスカートに

山田正紀

創土社

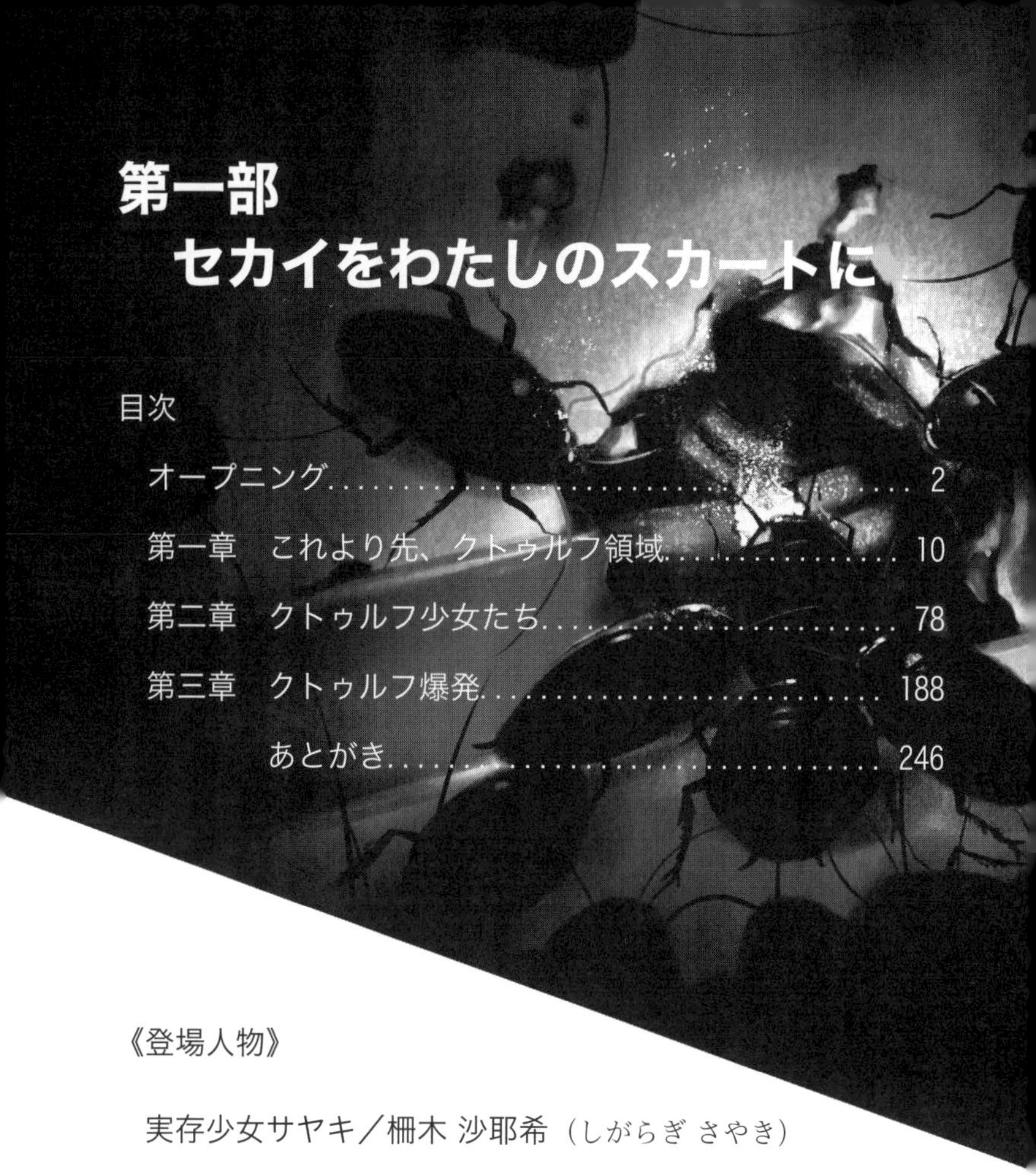

第一部
セカイをわたしのスカートに

目次

《登場人物》

実存少女サヤキ／柵木 沙耶希（しがらぎ さやき）

限界少女ニラカ／藤本 韮花（ふじもと にらか）

例外少女ウユウ／桂木 憂優（かつらぎ うゆう）

究極少女マナミ

ヨハネ　（飛翔型バイソラックス表現型）

絶対不在少年マカミ

初《はじめ》に言葉《クトゥルフ》があった。言は神と共にあった。万物は言によって成った。成ったもので、言によらずに成ったものは何一つなかった。

神から遣《つか》わされた一人の〝バイソラックス〟がいた。その名はヨハネである。彼自身は光ではなく、光について証《あかし》を示すために来た。

オープニング

「ブフメガスが二度鳴くまえにきみたちは三度ぼくを知らないっていうはずだよ」

マカミのその言葉は、いまもマナミの脳裏に鮮明に刻み込まれている。

自分がじかに聞いたわけでもないのに、この生々しさをどう理解したらいいだろう。

まるで耳もとで囁《ささや》かれたかのようだ。

どうしたって忘れられない。忘れられるはずがない。

トラウマ、というのが、実際にどんなものだかはよくわからない。けれども、たぶん、こういうものではないか、と思う。

——どうしてそんなことを言うの。どうしてわたしがあなたを裏切るなんて思うのかしら。どんなことがあっても、わたしがあなたを裏切ったりするはずはないのに。わたしはこんなにもあなたのことを好きなのに。こんなにも好きで好きでたまらないのに。

それもこれもすべてはあの女たちのせいだ、と思う。何て女たちだろう。あの女たちはわ、た、し、のマカミをバイソラックスたちに売り渡したのだ。

その結果、マカミは処刑されることになるかもしれない。

絶対に許せることではない。

——そう、絶対に。

昨夜、マカミとその弟子たちが泊まっていた場所を、バイソラックスの千人隊が急襲したのだという。

何てことだろう。何人もいた弟子たちは、一人もマカミを救おうとはしなかったらしい。

クモの子を散らすように一斉に逃げ出した。それでマカミはたった一人、連行されることになってしまった。

どんなにかマカミは失望したことだろう。どんなにか凄まじい孤独にみまわれたことか……

そのことを思うと、猛火に炙られるように体がカッと熱くなるのを覚える。実際にめらめら燃えあがる炎を目のあたりにする錯覚にかられるほどだ。

これは悲しみだろうか。

それとも怒りなのか？

その両方であるようだし、またどちらでもないようにも感じる。自分で自分の気持ちがよく把握しきれずにいる。このやりきれない思いは、いずれ沸点に達していやおうなしに暴発せざるをえないだろう。

どうにかしなければならないと思う。

が、どうすればいいか。いったい自分に何ができるというのか。

それに自答するより先に、体が勝手に動いた。モルフォニックの背に乗ろうとしたのだ。

「冷静になることだ。あまり先走らないほうがいい」とモルフォが言った。「きみをいまつき動かしているのは、悲しみでもなければ怒りでもない。ましてや復讐心《ふくしゅうしん》からでもない。何がいまのきみを動かしているのか。そのことをきちんと見さだめることだ」

「何なの？　何がわたしを動かしてるというの」

　それに応じてモルフォは何か言ったようだ。

が、もともとマナミは本気で質問したわけではなかったし、その答えを本心から期待していたわけでもなかった。

　そのときにはもう顔を横に向けていた。だからモルフォが何を言ったのか、ぜんぜん理解できなかった。あるいは無意識のうちに理解を拒んだのかもしれない。

「その女の名前、何てったたっけ？」マナミは訊いた。

「サヤキだよ、実存少女サヤキ」

「何、それ。変なの。じつぞん少女って何のこと？」

「何も変なことなんかないさ。それを言うならマカミだって絶対不在少年だし、マナミだって究極少女じゃないか」

「わたしが究極少女？」

　そもそも究極少女って何だろう。記憶にないし、ぜんぜん実感が湧いてこない。

「そうさ。それでウユウは例外少女だし、ニラカは限界少女だ」

「ウユウ……ニラカ……」

　って誰？

　サヤキという名前と同様にまるで心当たりがなかった。

　ましてや実存少女だの、例外少女だの、限界少女だの——すべてがたわごととしか思えない。

　何一つ記憶に呼応するものがないのだ。速攻、スルーすることにした。

　それに、いまのマナミは、

「マカミが処刑されるのはいつなの」

　何より先にまずそのことを確かめなければならないのだ。

「明日って聞いてる」モルフォが即答した。「明日、十字架にかけられるって」

「明日……」マナミは唇を噛んだ。「それじゃ急がなきゃ」

「そうだね」とモルフォ。「急いだほうがいいかもしれないね」

「じゃ」とマナミは言った。「急いで」

モルフォには二対八枚の翅《はね》がある。その上層四枚の翅先をわずかに浮かせる。ひろげて震わせた。が、じつはそれらの翅はまったくの見かけ倒しでしかない。もともとゴキブリの翅は退化していて、ほとんど飛翔能力に欠ける。かろうじて跳躍の役に立つ程度のものでしかない。

バイソラックスが長距離飛行能力を持っているのと比較すると、とても同じゴキブリ種に源を発しているとは思えない。

いや、そもそもバイソラックスとモルフォニックを、同じゴキブリという種枠のなかに入れること自体あやまりなのかもしれない。

飛翅に特化したバイソラックスと、言語に特化したモルフォニックは、すでにゴキブリという種におさまりきれない新種と考えるべきだろう。

それに——

そもそも来《きた》る「クトゥルフ爆発」で、ゴキブリ種は滅亡の危機にさらされるはずだ。

そのときバイソラックス、モルフォニックのどちらが生き残るか、あるいは両方ともに生き残るか、まったく見当がつかない。

両方ともに原《プロト》ゴキブリ種と運命をともにして滅亡する可能性すら否定できないのだ。

よしんば生き残ったとして、それがゴキブリ種として生き残るのか、それともまったく別の種として生き残るのか、それすらいまの時点では予断を許さない。

もしかしたら「クトゥルフ爆発」のあとには、ゴキブリという種そのものが、まったく異形のものとしてこの惑星《ほし》の生命史に登場してくる可能性だってないとはいえない。

　それがどんな種になるのか、あるいはならないのか、これもまたまるで予測がつかないことなのだが。

　いずれにしろ、いまはゴキブリ種の行く末をあれこれ思いわずらうべきときではないだろう。

　とりあえず当面の問題——いかにしてマカミを処刑の運命から救出するか——に全力を注ぐべきだった。

　モルフォに飛翔能力はない。しかしその体尾に燃料材となるべき化学物質を蓄えている。

　それを燃焼、爆発させ、体尾から噴出し、ロケット弾のように一定の高さにまで上昇することが可能だ。あとはグライダーのように滑空《かっくう》に身をまかせればいい。

「お願い」

　モルフォに跨《またが》ったマナミはソッとそう囁いた。

　モルフォの後尾に真っ白な炎がひらめいた。

　鈍い、つきあげるような衝撃とともに、一気に上昇した。

　風に乗った。

〈セカイ〉を滑空する。

　その耳もとを吹き抜ける風切り音に混じって、さっきモルフォが囁いた言葉が脳裏によみがえる。

　——きみの行動をすべて制御しているのがきみのキャラ設定であることは、いつも忘れないようにしたほうがいい。

　モルフォはさっきそう囁いたのだ。

　——はっきりとは断定できないが、どうやらきみのキャラ設定はヤンデレにあるらしいのだから。

ヤンデレ？　マナミは頭のなかで首を傾げる。

ヤンデレって何だっけ？

が、いまは何を考えたところでムダだ。何も考えないほうがいい、という思いが強い。

それは、

――いずれわかるときがくればおのずからすべてがわかるはずだ……

という妙な確信めいた思いに裏打ちされてもいるようだ。

――いまはまずマカミを救出することに全力を尽くそう。

マナミは数あるコレクションのなかからピンクの眼帯《アイ・パッチ》を選んで左目に嵌《は》めた。

ピンクは戦闘モード、だ。

「クトゥルフ爆発」とは何か？

およそ五億四〇〇〇万年前から五億三〇〇〇万年前の間にありとあらゆる動物の「門」が一斉に出現した。いや、一斉に、というより、爆発的にと言ったほうがいいかもしれない。

これをカンブリア爆発と呼ぶ。

いま見られるほとんどの「門」――生体構造《ボディプラン》――がこのわずか一〇〇〇万年の間に出そろったのだという。

これは驚くべき現象であり、さまざまな解明の試みがなされてはいるが、いまだに定説を見るにいたっていない。

そして、いままた生物界に新たな大変動が起ころうとしている。

しかもそれは、種そのものの存亡にかかわる大変動なのだという。

――属、科、あるいは目などの分類項は、便宜的に作られたものでしかないが、種という分類だけは歴然として生物界に存在する。

そう主張する専門家が少なくない。

なぜなら種という項目は生物分類の基盤をなしているからだ。いわば生物の土台をなしている。

生物分類学に定説はないが、いまは「ドメイン」という領域を、その最上部におく分類法が一般的であるらしい。

それ以外に「エンパイア」とか「スーパーキングダム」などと呼ばれることもある。

つまり、これより上位の生物分類はないということだ。これより上は「神」か「宇宙」の領域ということになるのかもしれない。

真核《しんかく》生物、真正《しんせい》細菌、古《こ》細菌の三種のドメインが数えられる。

ドメインを最上位に、以下——界、門、綱、目、科、族、属、種、と下がっていく。

つまり「種にかかわる大変動」とは生物を根底から揺るがす変動ということになるだろう。

カンブリア爆発のときのように、たんなるボディプランの変更、更新にとどまらず、「進化」のあり方そのものが根本的に変わってしまう可能性がある。

消滅する種もあるだろう。

幾つかの種がシャッフルされることもあるかもしれない。

新たな種が生成される可能性だって皆無とはいえない。

いずれにしろ種にかかわる大変動は生物界に壊滅的な現象を引き起こすことが予想される。それはカンブリア爆発をはるかに凌駕《りょうが》する大変動になるだろう。

じつに怪物的なまでの大変動になることが予想される。

怪物的な大変動が予想されること、それにその種・爆発《スピーシーズ・エクスプロージョン》を先導しているのが、まぎれもなくクトゥルフであることの両方の理由から、これは「クトゥルフ爆発」と命名されることになったのだった。

いま、地球生物のゲノム・レベルで、来《きた》るべき「クトゥルフ爆発」の事前変動が生じつつあるのだった。

その結果、ゴキブリという種が消滅しようとしている。

いまマナミは心から愛しているマカミを処刑から救おうとしている。そのことに必死になっている。

が、彼女の使命はそこにはない。そもそもの究極の使命は、ゴキブリ種を滅亡の危機から救い出すことにあるのだった。

それだからこそ彼女は究極少女と呼ばれることになる……

第一章　これより先、クトゥルフ領域

1

　彼女はわけありだった。それは露骨にお茶に誘われたときからわかっていた。もっと言えば、お茶に誘ったのはいわばとっかかりにすぎず、最終的にはホテルに行くことになるだろう、ということもわかっていた。わからないのは彼女が何を目的にして榊原《さかきばら》に接近してきたのか、ということだ。

　榊原はもう十年以上も『イブニング・バード』というワイドショーのメイン・キャスターを務めている。——毎日、夕方六時から七時までの番組だ。

　もともとはフリーのアナウンサーだった。若いころ、プロレス中継まがいの派手な野球中継で名を馳せた。キャスターに抜擢《ばってき》されたのは四十歳にさしかかろうというときのことだ。

　が、じつのところ榊原にキャスターの才はない。さして人気があるわけでもない。それほど政治力に優れているわけでもない。ただ運にだけは恵まれていた。それも、とりわけ悪運に。

　キャスターの地位を盤石《ばんじゃく》なものにするためだったら何でもした。どんな恥知らずなこともしたし、ときにモラルに反することも辞さなかった。

　チーフ・ディレクターに女をあてがったこともあったし、ライバル視された有能なジャーナリストのスキャンダルを捏造《ねつぞう》したこともある。

　一言でいえば破廉恥漢《はれんちかん》ということになるだろう。

　まれに若いタレントの卵とか、駆け出しの女子アナなんかが仕事欲しさに近づいてくることがある。そんなときには遠慮なく余禄《よろく》にあずかった。

しかし、いま、榊原に接近した彼女はそうではない。下請け・制作プロの一スタッフにすぎないのだ。何がどう間違っても番組には出ることはない。また当人にもその気はないだろう。

それなのに、どうして榊原に接近してきたのか。なぜ榊原に体を投げ出す気になったのか？　そのことが不可解だった
正直、彼女の体に興味はなかったが——彼のまわりにはもっと魅力的な若い女がいくらもいる——何を目的に自分に接近してきたのかには興味があった。

榊原はすでに五十の大台にさしかかろうとしている。若い女が何の下心もなしに自分に惚れてくれると考えるほど、世間知らずではないし自惚《うぬぼ》れてもいない。そもそも、いまの榊原は「愛」などはこれっぽっちも信じていないのだ。


「おれに何をして欲しいんだ」

朝からホテルに入って、単刀直入にそう尋ねた。女はためらったが、再度、質問すると、ようやく答えた。榊原がうんざりしたことに、その段階ですでにもう涙声になっていた。

「親市《ちかいち》さんってわかりますか。まだ若い人です。アシスタント・ディレクターなんですけど」

「AD？　局の人間か」

「いえ」彼女は制作プロダクションの名をあげて「——の人です」と言う。

「そうか」あいまいにうなずいた。

そんなことを言われても困るのだ。番組のADは常時三人はいるし、激務のために入れ替わりが激しい。局の人間ならともかく、下請けプロダクションのADの顔や名前などいちいち覚えてなどいられない。どうせADなど虫ケラぐらいにしか考えていないのだから。

昨日、榊原はスタジオでその親市というADをこっぴどく叱りつけたのだという。いまとなっては何で叱ったのかよくわからない。その若いADになにか不手際があったのかもしれないし、たんに榊原のムシの居所が悪かっただけなのかもしれない。なにしろ叱りつけたそのこと自体、よく覚えていないのだから話にならない。

なにも覚えていない……叱ったほうはそれでよくても、叱られたほうはそうはいかない。榊原を怒らせたということでクビにされそうなのだという。

「それでおれにどうしろと言うんだ」

「あの人、クビになったら、とても困るんです。お母さんが長いこと入院してて……それで、榊原さんに一言、あの人に声をかけていただければ……そしたら上役の人たちも、ああ、このまえのことは何でもなかったんだな、クビにするほどのことではなかったんだな、と思ってくれるんじゃないかって。それで……」

「クビを撤回《てっかい》してくれるかもしれないってか」

「はい」

「その若いのはきみの何だ。恋人か」

「はい、いえ、あの……」

女は顔を伏せた。

榊原は馬鹿ばかしくなった。と同時に嗜虐《しぎゃく》的な思いが突き上げてくるのを覚えた。それはもしかしたら、自分がとうに失ってしまったものを、この若い二人はまだ持っているのだ、という嫉妬めいた感情の反動から生じたものだったかもしれない。

「それじゃ、その若いのに、おれときみがホテルでこんなことをする間柄《あいだがら》だと言ってやろうか。そう声をかければいいのか」

「やめて」

女の声は悲鳴に近かった。

「しないさ、そんなことは」榊原は苦笑したが、その笑いが醜《みにく》くこわばっているのが自分でもわかった。「そういうことならせいぜいサービスしてもらおうか」

が、結局、榊原は欲望を果たすことができなかった。いまだかつてなかったことだ。体が、ではなしに、精神《こころ》が萎えてしまったのかもしれない。これもまた、ついぞ体験したことがないことだが、もしかしたら気持ちのどこかに自分の醜悪《しゅうあく》さを恥じる気持ちが残っていたのだろうか。そう、かろうじて。

榊原には不能に終わったそのことよりも、自分の行為を恥じる気持ちが働いたことのほうがより屈辱的なことに思えた。こんな気弱なことでいいのか、と内心、自分を責めた。それは榊原には自分の弱さを証明することのように思えた。榊原には自分が弱いことが許せない。

「冗談じゃない。そんな鳥ガラのような貧相な体を相手にしてできるかっていうんだ」

榊原はでき、な、か、っ、た恥辱《ちじょく》を相手を侮辱《ぶじょく》することで払いのけようとした。さらに醜悪な自分をさらけ出すのを選んだわけなのだ。が、弱さを認めるよりは、醜悪であるのを選ぶことのほうがむしろ好ましいことのように思えた。

「契約もなかったことにしてもらおう」

「ひどい」

女は裸でベッドのうえに膝《ひざ》を揃えてすわりシクシクと泣きはじめた。

その姿を見て、さすがに非情な榊原の胸にも若い女を哀れむ気持ちが動きはしたのだ。そう、ほんの少しだけ——

それを振り切るのに、さして努力は要さなかった。ベッドにいくばくかのカネを投げ捨てるように置くと、そのまま部屋をあとにしたのだった。振り返りもせずに。

2

女の余韻《よいん》のようなものがかすかに身内に残された。それを振り捨てようとしゃにむに表通りに向かった。

街のそこかしこにクリスマス・ツリーが飾られている。それを見て、ああ、そうか、今夜はイヴなのか、とあらためてそのことを思い出した。

けれどもクリスマスには何の関心もない。離婚して子供もいない。クリスマスはとうに興味の外に追いやられた。何に対してもさして感動を覚えない。もともと、そういう人間なのだった。

当然、街に飾られたツリーを見ても、街路樹《がいろじゅ》をいろどるイルミネーションを見ても、何の感慨《かんがい》も湧いてこなかった。ただもう白々しいだけなのだ。

それに東京は——というか日本は——すでに昔日《せきじつ》の勢いを失っていた。ずいぶん以前からクリスマスに興味を失っている榊原だが、それでも三十年まえ、二十年まえ——いや、十年まえでさえ——のそれがどんなに華やかなものだったかは記憶の底に残っている。

あのころの東京のクリスマスをラスベガスの一流ホテルのショーにたとえれば、いまのそれは幼稚園のお教室の飾りつけ程度のものでしかないだろう。そもそも比較にならないのだ。

いや、何もクリスマスのことばかりではない。東京の街そのものがとうに耐久年数を過ぎているのかもしれない。はなはだしく金属疲労をきたしている。消費期限を確かめるまでもない。すでにこの街は鼻が曲がるほどの腐臭を放っている。あるいは、この国は、と言ったほうがいいか。老朽《ろうきゅう》化し、さびれ、埃《ほこり》にまみれ、毀《こぼ》ち、廃《すた》れ、雑草に覆《おお》われ、忘れられている……生きながら立ち腐れているも同然だった。

——ひでえもんだ。

気がついてみればクリスマス前日、しかも繁華街だというのに、驚くほど人通りが少ない。車が数えるほどしか走っていないのだ。

全盛期のころの東京を知っている者の目から見るとただもうわびしいばかりだ。ゴーストタウンを目のあたりにするかのような印象さえ受ける。まだ東京は日本の首都だというのに。

——いつからこんなふうになってしまったんだろう。

経済活動の長期低落、急速に進む高齢化、極端なまでの人口減少……いろいろと理由は考えられるだろうが、いずれも決定打を欠いているように思う。なにか目に見えないところに、より根本的で致命的な原因が潜んでいるのではないだろうか。

——どうでもいいじゃねえか。おれなんかが考えるようなことじゃねえや。

内心、苦笑した。

ニュース・キャスターをつとめ、いっぱしのジャーナリストを装っているが、じつは興味があるのはカネと女のことだけなのだ。自分の欲望にのみ忠実であり、それ以外のことはすべてどうでもいいと思っている。その意味で、榊原は心底からのニヒリストに他ならないが、その自覚すら欠けている。

——タクシー、早く来ねえかな。

いまは歩道の端に立ち、ただそれだけを考えている。

車の流れにしたがって自動的に動いていた視線

がふと路上にとまった。

そこに下水の蓋《ふた》がある。

格子《こうし》状になった鉄の蓋だ。錆《さび》が浮き出て陰鬱《いんえい》に暗灰色《あんかいしょく》に汚れている。

その格子の隙間に何か黒いものが動いたのだった。

——何だろう。

べつにそれほど興味が湧いたわけではない。それでも半分は惰性《だせい》のように視線を凝《こ》らした。

——何だ……

また苦笑する。

それはただのゴキブリなのだった。

いや、ただのゴキブリといっていいかどうか、異様に大きい気がする。ざっとした目測でしかないが、体長が七、八センチはあるのではないか。それだけになおさら憎々しいし、おぞましい。が、そうだとしてもゴキブリはゴキブリでしかない。べつだん、めずらしくも何ともない。——それが下水から這い出してきた。

——汚ねえな。

顔をしかめた。

そのゴキブリは全身鋼《はがね》のように黒光りしていた。まるで重戦車か強甲車のようだ。背中が極端に膨《ふく》れあがっているためになおさらそんな印象を受けるのかもしれない。その膨らみは砲塔のようで、触覚《しょっかく》はさしずめ無線アンテナというところか。

ぼんやりと見るとはなしにゴキブリを見ている。そして——

そのゴキブリが下水から何かを運び上げていることに気がついたのだった。

ゴキブリは肩から頭部にかけてヒモのようなものをかけている。塵芥《じんかい》から拾い出したような細いヒモだ。それで何かを格子の隙間から引きずり出したのだった。それが何であるかはわからない。

小さくて、薄い、板のようなものだ。

——何を運んでるんだろう？

この期におよんでも、ぼんやりそんなことを考えていたのだからノンキなものだ。

いま自分はとてつもなく異常なものを見ているのだという自覚に欠けていた。何を見ているのかはっきり認識していなかったということかもしれない。

榊原はもう若くない。情事の疲れから、すこし頭がぼんやりしていたのかもしれない。おや、ゴキブリが何かを運び上げたな、とそう思っただけだ。

そし唐突に——

自分が滑車を見ていることに気がついたのだ。

なにか縁《ふち》を研《と》いだ貝殻のようなものが格子の隙間にぴったり挟まっていた。その貝殻の縁にヒモがかけられている。ゴキブリが荷を運びあげているヒモはそれを間に噛ませているのだ。見たところ、滑車は格子の隙間でクルクルと回っているようだった。ゴキブリが滑車を使っている！

「あっ」

そのときになって初めて、自分がいかに異常なものを見ているかにようやく気がついた。あまりにそれが異常なものでありすぎたために、それまで意識が視覚に追いつかなかったのかもしれない。

あっ、あっ、ああっ、と驚きの声が悲鳴めいて続けざまに喉《のど》からほとばしる。視線を凝らし、あらためてそれを見ようとするのだが——

しかし、そのときには車が走ってきてすべてを隠してしまう。車が走り去ったあとにはもうゴキブリの姿はどこにもなかった。ヒモをつけたまま滑車が転がっていた。それ以外にはただ、うす汚れて、ひび割れたアスファルトの路面がひろがっているだけだ。

——おれは何を見たのか？

ただ呆然《ぼうぜん》として自問する。

夢でも見ていたのだろうか。ゴキブリが滑車を使って荷物を運び上げる？　夢にしても何という突拍子《とっぴょうし》もない夢であったことか。悪夢としかいいようがない。

——おれはほんとうにそんなものを見たんだろうか。

そのことを疑わざるをえなかった。

なおもゴキブリを探して視線が車道をさまよう。

すると、その視線の先から——

一台の車が走ってくるのが見えたのだ。黒い、大型セダン。これまで見たこともない車だ。国産車か外車かすらわからない。

屋根に真っ赤な「Ｔａｘｉ」の表示……どこがどうと具体的に指摘はできないが、違和感がきわだった。なにかしら異様なのだ。

まるで古い白黒映画のようだ。妙に色あせて見える。そのうえブツブツとフイルムのコマが飛んでいるかのようだ。そのために車のスピードが一定していない。ときに速く、ときに遅い。断続的に近づいてきた。

そして榊原のまえでとまる。

後部ドアが開いた。乗れ、というのか。

「……」

乗りたくはなかった。絶対に乗ってはいけない、という気さえした。これが普通のタクシーであれば、何の問題もなかったろう。ただ手を振って、乗らないよ、という意志表示をしさえすれば、それでよかったはずだ。

が、どうしてか、それができずにいた。なにか体が呪縛《じゅばく》されたように身動きがとれずにいた。いや、体ばかりか、心までもが緊縛されているように感じた。自由意志というものがまるでなくなっていた。

タクシーのなかは不自然に暗い。運転手の姿を見ることはできない。ただ、闇のなかに浮かぶレンズの光から、どうやらサングラスをかけているらしいのだけはわかった。それに黒い光沢《こうたく》を放つメタル質の上着——ミリタリー・ルックだろうか——を着ている。サングラス？　ミリタリー・ルック？——タクシーの運転手にはあまりにそぐわない格好だった。

サングラス越しなのに榊原を凝視《ぎょうし》する強い視線を感じた。まるで磁力のように引き寄せられた。どうしたってそれには抵抗することができないという無力感に誘われた。自分でもそうと意識しないまま、足がタクシーに向かって踏み出しかけた。

そのとき——

すぐ横に人の気配を感じたのだ。

なにか磁力が断ち切られたかのように感じた。車に乗りかけていた体の動きがとまった。救われたような思いがした。

「……」

そちらに視線を向けた。と、そこにサンタクロースが立っていた。それも、可愛い女の子のサンタクロースが。

いや、じつのところ、可愛いかどうかはわからない。サンタクロースにおさだまりの白いつけ髭《ひげ》、白い眉毛をつけていて、しかも——こともあろうに右目にピンクの眼帯をかけているのだ。

要するに、その顔だちをよく見てとることができない。赤い、大きなサンタの帽子が、その他の印象をすべてかき消してしまっている。

ただ、その見るからに華奢《きゃしゃ》な体つき、赤いミニ・スカートからのびている網《あみ》タイツのストッキングが、ドキドキするほど色っぽい。

――何なんだ、この子は？

わけがわからない。まじまじと彼女の顔を見つめた。

ふと、どこかで会ったことがある、という思いにかられた。見覚えがあるというのではない。見覚えはない。ただ妙に懐かしい気がするのだ。ぜんぜん他人のような気がしない。どうしてか？

「何か用か」

と訊いた。すると少女は――

肩から下げているポシェットから赤だの青だの銀箔のモールを一掴み取り出すと、それを榊原に握らせたのだった。

「これをなくさないように持ってて」

そして、そう囁きかけると、すかさず身をひるがえし午後の光のなかに消えていった。

榊原はモールを手に持って、ただ呆然とその場に立ちつくしていた。

――これは何だ。クリスマスだからか。

たしかに自分の身になにかが起こったのだ、と思う。なにか異常なことが起こった。でも、何が起こったのかわからない……

気がついたときには、すでにタクシーも走り去っていた。

「……」

なにか白日夢《はくじつむ》にさらされたように現実感が薄い。ぼんやりとした思いのまま動いた。滑車を拾いあげる。

たしかに貝殻だ。かなり大きい。オウム貝のそれのように七色の光沢がある。ただしオウム貝ではない。これまで見たことがない貝殻だ。先端が曲線を描いて尖っている。底部には竜骨《りゅうこつ》のようなものが走っていて二つに分かれている。

――船のようだ。

と思う。

船だとしたらどの海を往くのか。どこに向かうのか……ふとそんなことを思った。

3

だが、そんなことも、局に着いたときにはすっかり忘れてしまっている。

たぶん、あの少女はキャバクラの客引き（昼から か？）か何かだったのだろう。気にしなければならないほどのことではない。覚えていなければならないほどのことでもない。すべて忘れてしまえばいい——それだけのことなのだ。

スタジオ入りするまえに主調整室《メイン》に顔を出すのが日課になっている。モニターを確認するのが毎日のお約束のようになっているのだ。

以前と違って主調整室のモニター、コントロール・パネル、ベーカムなどはすべてコンピュータ制御《せいぎょ》されている。出入りするのにもＩＣカードが要る……

そこに連日、顔を出し、モニターを確認するのは面倒といえば面倒なのだが、これはチーフ・ディレクターへのいわば表敬《ひょうけい》訪問のようなものだから、一日たりとも欠かすわけにはいかないのだ。

といっても何もチーフの檜垣《ひがき》と言葉を交わしあうわけではない。ただ、たがいに頷《うなず》きあうだけだ。

——要するに処世術だ。

が、この日はめずらしく、檜垣のほうから声をかけてきた。

苦虫を噛みつぶしたような表情で、困ったよ、榊原ちゃん、と言う。

「作家が急にやめたいって言い出してさ。しかも明日からもう書けないっていうんだ。子供じゃやないんだからさ。そんなこと急に言われてもな。もっと大人になってよって話じゃねーか。なあ」

「作家が……」

榊原は痩せて神経質そうな男の顔を思い浮かべた。忘年会や新年会で顔をあわせたことはあるが、言葉を交わした記憶はない。いつもポツンと孤立していた。見るからに孤独そうな若者だった。名前は何といったろうか。そうそう、藤本だ。

「それでいま藤本はどこにいるんだ」榊原はサブを見まわした。「番組が終わったらおれがすこし話をしてやってもいいぜ」

かたちだけのことだ。べつだん本気で引きとめるつもりはない。それほどの構成作家ではない。あの程度の作家だったら、テレビ局で石を投げればいくらでも当たるだろう。ほかを探すのに苦労はない。ただ多少、面倒なだけだ。

「来てねえんだよ、それが」檜垣はさらに顔をしかめて、「かわりに奥さんがあやまりに来てる」

「奥さんが……」

檜垣があごをしゃくる先に目を向ける。

そこ、部屋の隅に若い女が悄然《しょうぜん》とうなだれながら立っている。縁なしの眼鏡。――誰も椅子を勧めようとしないのが、彼女に対するスタッフたちの気持ちをよくあらわしている。要するにシカトしているわけなのだろう。彼女の夫の身勝手さに頭にきてる。

「女房が来てどうすんだよ」榊原の声がいらだった。「何の役に立つよ」

「立たねえよなあ」檜垣は苦笑して、「どうしようもねえ。まあ、もう二度と使わないからいいけどよ」

「すぐにかわりが見つかるさ」

「そうじゃなきゃ困るってーの」

「そうだよな」

「そうさ」

何とはなしに頷きあって榊原はサブをあとにした。

「あのう、榊原さん――」

部屋を出るとすぐに呼びとめられた。

振り返るとそこに藤本の女房がいる。榊原のあとを追ってきたのか。

「わたし藤本といいます。あ、わたし――」

「承知してます。藤本くんの奥さんですね」

榊原は意識的に硬い声で言う。その口調に相手を拒絶する響きをこめたつもりだ。

本番が始まるまえにグタグタ詫《わ》びの言葉を聞かされたのではかなわない。すぐにでも追い払いたかった。

が、藤本の女房は榊原が危惧《きぐ》したように詫びの言葉を述べるつもりはないようだ。予想もしなかったことを口にした。

「わたし、シナリオの勉強をしてます。それで、あのう」と彼女はそう言ったのだ。「夫のかわりにわたしを構成作家に使っていただけないでしょうか」

「奥さんを……」

「ええ、無理でしょうか」

「ドラマのシナリオとワイドショーの構成とはまるで違う。別物ですよ」

「はい、わかってます。でも、わたし、できます」

「できます、って、あんた――」榊原は閉口した。

「かんたんに言うけどさ」

「かんたんではないかもしれません」と女は言い張った。「でも、できます」

「……」

榊原はあらためて彼女の顔を見た。

夫の藤本はまだ二十代のように見えたが彼女はすでに三十代のなかばに達しているようだ。年上かもしれない。――淋しげで、貧相《ひんそう》だが、よく見れば、細面《ほそおもて》の、整った顔だちをしている。薄幸《はっこう》な女をやらせるとピカ一の女優がいるが、どこか彼女に似ている。眼鏡を外せばそうとうの美人ではないか。

――意外にいい女だ。

一瞬、好色のムシが蠢《うごめ》きそうになったが、そのひたいに――髪で隠してはいるが――青いアザができているのを見て、その好き心が一気に冷え込むのを覚えた。

――危ねえ、危ねえ……

亭主に殴られたあとのように見えた。ほかにも幾つかアザがありそうだ。ドメスティック・バイオレンスということか。要するに、あまりかかわりあいにならないほうがいいということだろう。トラブルの種になりかねない。

「どちらにしろ、ぼくじゃ助けになれない。一介のタレントにすぎないんだから。台本を書いたらディレクターにでも持っていけばいい」

突き放すようにそう言い、これ以上、つけ回されると面倒なので、トイレに向かった。

「わたし、藤本にらか、といいます」背後から女の声がすがるように追いかけてきた。「韮の花、と書いて――韮花です」

――韮花。

めずらしい名前だ。

振り返って、名前の意味を聞きたかったが、いや、下手にかかずりあいにならないほうがいい、と思いなおした。面倒はごめんだ、振り返らないほうがいい……

そう思ったのに、どうして振り返ったのか自分でもよくわからない。魔がさしたのだろうか。しかし、その「魔」の何とすばらしかったことか。何と素敵だったことか。

榊原が振り返るのと、藤本菫花が眼鏡を外すのとがほとんど同時だった。眼鏡を外してレンズを布で拭いた。

そのとき一瞬――

そこに少女の姿が浮かびあがったのだ。それも非常な美少女が。

眼鏡を外すと意外にも美人だった――というのは古いハリウッド映画のお約束だが、そのレベルで説明できるような美しさではない。

第一、藤本菫花よりずっと若い。見たとこ二十歳ほどは若そうなのだ。せいぜい十四、五歳というところか。それが藤本菫花のはずがない。

着ているものさえ、きわどいミニ、フリルの上着の、どこか舞台衣装めいたものに変わっている。とびっきりかわいい、下手に手を出そうものなら、トラウマを負いそうな美貌だ。どこか、リアルさを欠いていた。

「……」

もちろん、それはほんの一瞬の錯覚だった。それも愚かしく、ありえない錯覚だ。――目を瞬《しばたた》かせ、あらためて見なおすと、そこにいるのはもとの藤本菫花なのだった。

藤本菫花は眼鏡をかけて、榊原が自分を凝視しているのを、ふしぎそうに見返した。

――おれはどうかしてる。

榊原は首を振って歩き出した。歩きながらいつまでも首を振りつづけていた。

トイレに入り、用を済ませ、手を洗う。情事の（それも果たせなかった情事の）余韻がいまだに体のなかにたゆたっている。

しかし、いま鏡を覗《のぞ》き込みながら、榊原が考えているのは、ホテルに置き去りにした若い女のことではない。何カ月かまえにやはり一度だけ寝たことのある女のことを考えている。

一度だけ寝て、そしていまはほぼ毎日、一緒に仕事をしている女のことを……

――柵木沙耶希《しがらぎさやき》。

榊原と一緒に『イブニング・バード』のキャスターを務めている。

もともとはフリーの女子アナという触れ込みで、榊原に近づいてきた。可愛かったし、仕事もできそうだったので、頼まれるままに、アシスタントに強引に押し込んだ。

クッキング・コーナーで、食材を運んだり、不用な食器を持ち去ったりする……素人にもできる仕事だった。その採用は現場の裁量《さいりょう》にまかせられている。――榊原にもそれぐらいの力はある。

もちろん、寝るのが条件だったし、事実、寝た。それが、とてもよかった。榊原にはめずらしくあとを引いた。

が、沙耶希はアシスタントになったあと、決して榊原の誘いに応じようとはしなかった。貞操観《ていそう》念の問題ではないようだ。要するに、自分を安売りしないということらしい。そのあと、スポンサーの重役とか、大手広告代理店の大物何人かと関係を持ったという話を耳にはさんだ。いずれも噂だが、大いに信憑《しんぴょう》性の高い噂だ。その証拠に、その後の彼女は抜擢につぐ抜擢で、アシスタントから一つのコーナーをまかされるまでになり、ついにはサブ・キャスターへと階段を登っていった。

もちろん男から男へ、女を売り物にして、強引に仕事をとっていく彼女の生き方が、周囲の反発をかわないわけがない。やっかみから、そねみから、あるいは義憤から、彼女を批判する声が湧き起こるのは当然だったろう。それがいつしか途絶えたのは、何といっても彼女の実力のなさしめるわざだった。

彼女はじつに有能だったし、魅力的だった。そのことが視聴率を押し上げるのに少なからず貢献したのは誰しもが認めざるをえないことだった。この業界は視聴率を持つ者には誰も逆らえない。逆らってはならない。

　榊原としては心中複雑なものがあった。沙耶希を番組に押し込んだのは彼だ。その沙耶希に人気が出ればそれは彼の実績ということにもなる。当然、それにともなって、周囲の彼に対する評価も高まる。しかし、あまり人気が出すぎて、榊原とそれを分かつまでになると、さすがにそれを喜んでばかりもいられない。いつのまにか榊原のメイン・キャスターの地位をおびやかすまでになってしまったのだ。これがおもしろかろうはずがない。はっきり言って不愉快だった。

　しかし、柵木沙耶希が十分以上に魅力的であることは認めざるをえない。いまの彼女はベッドではどう変わったろう、とつい考えてしまう。ああもあろう、こうもあろう、という妄想に誘われる。

　それで食事に誘った。あっさり断られた。酒に誘った。これも断られた。ついに我慢しきれずに、本番中、カメラの届かないところで、彼女の臀部《でんぶ》に触れた。軽いイタズラのつもりだった。が、彼女にはそのイタズラを受け入れるつもりはないようだった。手ひどくは除《の》けられた。残されたのは、指先にわずかに残る彼女の感触と、傷つけられたプライドだけだった。

　——何だ、何だ、この女は。何て礼儀知らずな女なんだ。このおれが、せっかく引きたててやったのに……

　未練が残った。それがいつしか理不尽な恨みに凝固《ぎょうこ》した。

　セクハラという言葉も知っていたし、パワハラという言葉も知っていた。けれども、それが自分に当てはまろうとは夢にも思っていなかった。その心性にあっては、卑小《ひしょう》なストーカーと何ら変わるところがないのにその自覚に欠けていた。

先月、沙耶希は体調不良とかで二週間ほど休み、今月になって復帰した。そのまま降板《こうばん》してくれればいいのによ。それなのに何で復帰する……榊原はそのことを何か自分に対する不当な仕打ちのように感じた。そこで一計を案じた。

彼女が番組に復帰するやいなや、彼女の容姿が劣化していてビックリした、という趣旨の発言を大量にネットに流したのだ。スタッフを動員し、2チャン、ツイッター、動画サイトでの祭りをはかった。

実際には劣化するどころか、彼女の魅力は逆に増していたので、それらしい写真、動画を見つけるのに苦労したのだが、それでも強引に「ほら、こんなになっちゃった」というコメントを添えて、大量にアップしつづけた。


もちろん、これは卑劣《ひれつ》な行為だった、許されざる行為だ、その程度の自覚はあった。

しかし、それが反省を呼び覚ますことはなく、逆に陰湿《いんしつ》な喜びの念を誘った。

つまり榊原は卑劣な行為を好む卑劣な男なのだった。そうであればそのことを恥じたりするはずがない。それどころか、

――劣化はよかったのよな。

自分の思いつきにウキウキした。鏡を見ながらニヤニヤ笑う。

老いの自覚はない。自分はまだ十分イケてると思い込んでいる。笑うと目尻にシワができる。これが男の年輪をあらわしてシブいのではないか、などと思う。

けれども実際にはそれは、狡猾《こうかつ》な処世術《しょせいじゅつ》だけで生きてきて、放蕩《ほうとう》に魂を腐らせた、卑劣な五十男の笑いでしかなかった。

ふと、その笑いがとまった。

そのとき鏡のなか、榊原の背後を、スッと一人の少女の姿がよぎったからだ。

十三、四歳だろうか。明るい、セーラー服のような、しかし厳密にいえばセーラー服でもない、あまり見かけたことがない奇妙な服を着ていた。フリルのスカートからのびている足がしなやかに長かった。ただブーツではなしにピンクのゴム長を履《は》いているのが異様だった。

髪が赤い。それも真っ赤なのだ。染めた赤ではないように感じた。地毛ではないか、という印象を受けた。どうしてかは自分でもわからない。

——どうして男子トイレに女の子なんかがいるんだろう？

そのことにも驚かされた。けれども、それ以上に、その少女のあまりに愛らしく魅力的であることに驚かされずにはいられなかった。

榊原はこの業界に長い。古ギツネの、スレッからしなのだ。

これまで、それこそ数え切れないほど愛らしい少女を見てきた。何人もの魅力的な少女を目のあたりにしてきた。よほどの素材でなければいまさら驚いたりはしない。それがその少女を見て心底から驚かされたのだった。

ただし、その少女にはなにか狡猾めいたものが感じられた。かわいいのは、とてつもなくかわいいのだが、そのかわいさにはどこか計算ずくなところがあった。したたかなアイドルとでもいえばいいか。

昼間のあのサンタクロースの扮装《ふんそう》をした少女のことを思い出した。藤本菫花に重ねあわせて見た美少女の幻影も思い出す……

もちろん、この少女は彼女たちとはまったくの別人だが、似た印象がある。三人ともに現実離れしたところのある美少女なのだ。まるでアニメの戦闘美少女たちのように。

――この少女は何だろう。誰なのか。

振り返らずにはいられなかった。

――あれ？

目を瞬かせた。

あまりに期待外れだったのだ。いや、期待外れというのも愚かしい。彼女は愛らしくもなければ魅力的でもなかった。そもそも少女ですらなかった。

灰色のキャップを被っていたが、その下から覗いている髪が薄汚く白かった。バサバサに乱れていた。もう七十近いのではないか。

着ているものもぜんぜん違う。清掃員の灰色の制服を着ていた。洗いざらしの作業ズボンに、緑色のキャップ、ピンクのゴム長だけが共通していた。片手にモップ、もう一方の手にバケツを下げていた。彼のほうをチラリと見たが、すぐに関心なさげに視線をそらし、モップでゴシゴシと床をこすった。タイルの汚れが灰色に浮いてゴボゴボと泡立った。

興ざめもいいところだ。どこに美少女なんかがいるんだろう。いや、それどころか、そもそも少女などというものはどこにもいない。

――おれは何を見たのか？

ふと、おれはこの女を知っている、という奇妙な感覚に誘われた。いや、それを奇妙な感覚というのは当たらない。事実として、榊原はその老婆のことを知っていた。

昼間、渋谷のラヴ・ホテルを出るときに、ロビーのトイレに入った。この婆さんはそのときにもやはりトイレを掃除していたのではなかったか。いまと同じようにやはりバケツとかモップを持っていた。

　ということは――この婆さんはラヴ・ホテルから局まで榊原を尾行してきたとでもいうのだろうか。

　――まさか！　そんなはずがあるもんか。

　顔を鏡に戻した。

　そのときになって初めて水を出しっぱなしにしていることに気がついた。慌てて蛇口をひねろうとして、流れ落ちる水のなか、自分の指が消えているのに気がついたのだ。

　――指が消えてる？

　そう、たしかに消えていた。沙耶希の臀部の感触を残したあの指が！

　水は何の抵抗も受けずに、ただまっすぐにタンクに流れ落ちるままになっていた。そこに指があれば水が撥《は》ねあがるはずなのに。

「ヒエッ」

　というような声が喉から洩れた。慌てて手を水から引き抜いた。そしてまじまじと見つめる。

「あった……」

　もちろん、ある。なくなったりするはずがない。

　それなのに、どうして指が消えてしまったかのように見えたのだろう。たんなる錯覚だろうか。――それにしては、指が消えたと感じたときの衝撃があまりにリアルに生々しすぎたように思うのだが。

　そのとき背後から押し殺したような笑い声が聞こえてきたのだ。

　振り向き、清掃員の彼女を見たが、べつだん笑っているふうではない。ただ黙々と清掃をつづけているだけだ。しかし、そうではあっても、ここで誰か笑う人間がいるとしたら、それは彼女を措いて他にはいないはずだった。

「いま、笑ったか」と訊いてみた。「何か見でもしたのか」

「いえ、あんたの小さなものなんか見たりしませんよ。ましてや笑ったりするもんですか。そんな失礼なことはしません」

彼女はモップを引きずるようにしてトイレから出ていった。バケツを乗せた台車の車輪がガラガラという音を後ろに響かせた。まるで凱旋《がいせん》のドラム音を残すように。

「……」

一瞬、彼女が何を言ったのか理解できなかった。理解できたあとも、ほんとうに彼女がそれを言ったのだと信じることができずにいた。

——何だって。

呆然とした。

——おれの小さなものだって？

4

イントロの音楽が入って——

本番が始まる。視聴者参加の生番組だ。安っぽいセットを背景にして、安っぽいコメンテーターたちが居並んでいる。毒にも薬にもならないコメントしか述べないコメンテーターたちだ。小学生のクラス委員たちのほうがまだしも建設的な発言をするだろう。

彼らの横のサイドテーブルには花束が飾られている。その下に室内用の芳香剤セットがこれ見よがしに置かれているのが、何ともアンバランスに見える。スポンサーの化粧品メーカーがこのところ売り出しに力を入れている新製品なのだという。

その容器の花柄はトップ・アーティストの手に

よるものなのだと聞いている。部屋に置けばデコレーションにもなるというのが売りなのだそうだが。正直、榊原はそれを見るたびにトイレの芳香剤を連想させられずにはいられない。

「こんばんは」

　オープニング恒例の榊原の短いトークが入る。

話題は多岐《たき》にわたる。政治、経済、外交、防衛、ときに芸能まで……にこやかに、さりげなく、それでいて切れ味するどく。ここで自分の魅力を存分にアピールするのを忘れない。目尻のしわが渋い中年男という印象を強調してくれるはずである。

　が、ここでの話題は、すべてあらかじめ番組の構成作家が用意したものなのだ。榊原はそれをただ自分の言葉で語っているだけだ。欺瞞《ぎまん》的で、軽薄で、底が浅かった。

　榊原のトークが終わると今度は柵木沙耶希のトークになる。

　今夜のイヴにちなんでディケンズの『クリスマス・キャロル』の紹介をするのだという。彼女のトークは、構成作家が提供するものと、自分自身で用意するものとの、およそ半々というところだろう。その意味ではすべて構成作家におまかせの榊原ほどには堕落《だらく》していないといっていい。

　今回のトークは彼女の発案によるものらしい。

「冷酷で無慈悲なスクルージを悔い改めさせるために、七年前に亡くなった共同経営者のマーレイ老人は、彼のもとに三人の霊をつかわします。『過去のクリスマスの霊』、『現在のクリスマスの霊』、そして『未来のクリスマスの霊』です。この三人の霊によってスクルージがどう変わるのかはぜひとも皆様ご自身でお読みになってお確かめになってください」

　それぞれのトークが終わるとすぐに特集コー

ナーに移った。

セットのなかをパネルのまえまで移動する。

柵木沙耶希は歩きながら、

「小鳥が囀《さえず》るのをお聞きになられたことはおありですね。高原の小鳥の囀り、お日様がサンサンと射し込んでいる居間での小鳥の囀り……とても気持ちがなごみますね。それではマウスはどうでしょう。マウスが囀るのをお聞きになられたことはおありですか」

いつものように明るい声で言う。手首に――めだたないようにではあるが――包帯を巻いていた。点滴のあとを隠しているのだろうか。

「それでは、世にもめずらしい、囀るマウスをご紹介しましょう。どうか、先生、お入りになってください」

三人のスタッフたちが大きなケージをワゴンに載せてスタジオに入ってくる。ワゴンにはマイクと大きなアンプが載っている。ケージには一匹のマウスが入っている。わずかに銀色がかった毛皮がめずらしい。

マウスは後ろ足で立って、キョトンと天井を見あげている。ピンク色の鼻、その針金のような長いヒゲがライトのなかに浮かびあがっている。鼻も、ヒゲも、かすかにピクピクと震えているようだ。まるで何かのセンサーのように。

スタジオに声にならないどよめきが波うった。

どうしてスタジオが一斉にどよめいたのか。それは――妙なのだが――そのマウスの第一印象が「美しい」の一語に尽きたからではないか。なにか、とてつもなく優美な生き物がそこにいる、という印象だった。マウスなのに。

が、そのあとから踊るような足どりでスタジオに入ってきた初老の男はお世辞にも優美とはいえない。

寝癖のついた白髪に、牛乳瓶の底のような眼鏡、研究者用の（どこか薄汚れた）白衣……科学者という言葉から、世間の人が連想しがちな、「学者バカ」そのままの姿だった。それこそ深夜番組の安っぽいコントにでも出てきそうなほどに。

「こちらは財団法人『進化言語学研究所』研究室・主任教授の凩《こがらし》 枯蘆《かれる》先生でいらっしゃいます」

と沙耶希が紹介したが、いつもの流暢さがいくらか欠けているように感じられたのは、あまりにその名が異様なものでありすぎたからだろう。こがらし、かれる？　こんなアホな名前があっていいものか。人をからかっているのではないだろうか。

「このマウスくんがいわゆる『囀るマウス』ですね」ここから先は榊原の出番だ。「名前はあるんですか」

榊原は凩枯蘆に訊いたのだが、それに答えたのは沙耶希だった。

「さきほど先生にうかがいました。このとおり体が銀色がかっているでしょ。ですから、フランスの銀食器ブランドにちなんで、クリストフルという名前だそうです」

「クリストフル……マウス・クリスト……」

榊原はぼんやりつぶやいた。心のなかで何かが引っかかった。それが何であるのかわからないままにとにかく質問をつづけた。何があっても番組《ショー》はつづけなければならない《マストゴーオン》、だ。

「それで、マウスが囀ることが、ご専門の『進化言語学』――これもまた聞きなれないご専門ですな――とどんな関係があるんでしょうか」

一瞬、間があり、いきなり素《す》っ頓狂《とんきょう》な声が凩の頭の天辺《てっぺん》から飛び出してきた。

「もともと言語を持つ以前の人間は、いろんな状況にあわせていろんな歌を歌っていたのだという説があります。人類は言語を獲得するより先に歌を獲得したのではないか、という説がある。それらの歌の共通部分が淘汰《とうた》され、分節化されることで、しだいにその共同体に特有の『言語』に育っていったのではないか、と考えられるわけです」

「はあ？」

つい逃げ腰になってしまう。話の内容がわからなかったわけではない。そのあまりに突拍子もない声に怯んでしまったのだ。

「それではマウスの場合はどうか？　もともとマウスにはオスが超音波で歌って、、、──可聴域《かちょういき》を超えているために人間にはそれが聞こえないわけなのですが──メスに求愛するという習性がある。けれども、それはまあ、小鳥の囀りのようなものでして、およそヒトの言語と同列に論じられるべきではないとされてきた。けれども、今世紀に入って、それがたんに求愛だけのものなのかどうか、疑問が持たれるようになってきました。たんに求愛というだけではなしに、どうもほかのメッセージも含んでいるのではないか、と考えられるようになったのでした」

「愛以外のメッセージ？」さすがにここで榊原は持ち直した。「たとえばゾウとかクジラなんかは、ここにエサがあるとか、ここに敵がいる、危険があるぞ、というメッセージをたがいに伝えあっている、という話を聞いたことがあります。マウスもそのようにしているということでしょうか」

「それとはちょっと──いや、大いに違うようです。もちろん、メッセージの内容はいまだに解明されるにいたってはいませんが、それより先に『言語構造』の解析が進んだのでした。それは微妙に、しかも、かなり多奏的にシラブルを刻んでいる。『ディミニッシュコード』に似ている。ご存知ですか？『ディミニッシュコード』というのを」

「あ、いえ、どうも不勉強なものですから……」

「このコードは不安定で無気味で、落ち着かない響きをかもし出すことで知られています」

「無気味で、落ちつかない響きといいますと？」

「恐怖です。マウスは『愛』を伝えるように、たがいに『恐怖』を伝えあっているようなのです。たしかにおっしゃるようにゾウとかクジラなんかはここに危険がある、敵がいるぞ、などというメッセージをたがいに伝えあう。しかし、それらはマウスが歌にこめる『恐怖』とは似て非なるもののようです。マウスが伝える『恐怖』は、そこに敵がいるぞ、とか危ないぞ、というメッセージを含意したものではない。それは何というか、絶対恐怖とでも呼ぶべきもののようなのです。なにか対象があって恐怖するのではない。恐怖そのものを恐怖するとでもいえばいいでしょうか」

「恐怖そのものを恐怖する？」

何だろう？　かすかに背筋をチリチリ波うつものがあった。悪寒？　恐怖、それも対象を持たない恐怖、でもあったろうか。

「はい。それでわれわれはマウスにおける恐怖情動反応を、可能なかぎり分析することに努めました。その結果に応じて、さまざまな恐怖情動反応に特化した遺伝子ノックアウトマウスを多数つくり出しました」

「あ、申し訳ありません。遺伝子ノックアウトマウスというのは何でしょう？　視聴者の皆さんにもおわかりいただけるように説明していただけないでしょうか」

「あ……遺伝子をノックアウトする、というのは、ある遺伝子を文字どおりやっつけるという意味でして……遺伝子の配列——われわれはシークエンスと呼んでいますが——はわかってるが、それがどう機能するのかわからない、という場合に、この遺伝子ノックアウトの技法を使います。ある遺伝子を欠損させたマウスを、そうでないマウスと比較することで、その遺伝子の機能が何であるかを調べる、というふうに理解していただければよろしいか、と」

「ああ、なるほど、そういうことなんですね。よくわかりました。どうもお話の腰を折って申し訳ありませんでした」

「あ、いえ、それで、そうした遺伝子ノックアウトマウスに、マウスの『歌』を聞かせると、その情動に極端な変異が見られるのです。平たくいえば『恐怖に動揺する』ということですが。機能的には、それら情動反応にともなって扁桃体《へんとうたい》に特異的な遺伝子が発現したり、その逆に発現が抑制される分子機能があったりとかが明らかになりました」

「扁桃体、というのは脳の器官のことだったですかね」

「そうです、そうです。脳の奥に位置する神経細胞の集まりのようなものと理解していただければよろしいかと思います。おもに喜怒哀楽といった情動をつかさどる器官なのですが……それで徐々に明らかになってきたのは――」

そこで凧は咳払いをして、

「どうもマウスはスピーシズとして――あ、これは『種』としてということですが――『恐怖』を分かちあい、存続しているらしい。しかもそれらの『恐怖』はある種の連続体――スペクトラムを成しているらしい、ということがわかってきました」

「スピーシズとして恐怖を分かちあい、存続している……」榊原はわれ知らず話に引き込まれるのを覚えた。「つまり、彼らは『愛』を歌うように『恐怖』を歌っている――そういうことなのでしょうか」

「はい。それでわれわれはマウスの遺伝子を新たに操作して、その歌を人間に聞こえるものに変えました。超音波を可聴域のものに変域した。そのうえでマウスの『歌』を人間が聴いたらどんな反応を示すのか、それを調べてみることにしたのです。すると——人間の扁桃体にもやはり恐怖スペクトラムが発現したのでした。これまで人間から発見されたことがないスペクトラムです。われわれはそれをク、ト、ゥ、ル、フ、領域と呼ぶことにしました」

「クトゥルフ……」

どこかで聞いたことがあるように感じたが、とっさに思い出すことができなかった。

「ええと……それって何だったでしょうかな」

「もともとはアメリカのラブクラフトという——一九二〇年代から三〇年代の——パルプ作家が創造した一連のホラーを原型とするものです。その後、同じモチーフで、何人もの作家が書き継《つ》いで、いわゆるクトゥルフ神話なるものを創造しました。日本の作家にも何人かいますよ。地質学的な太古に、宇宙から飛来してきた異星生命体——というより魔物と呼んだほうがいいかもしれませんが——ときに現代によみがえり、人々を恐怖のどん底に陥れる、というような話が多いようです。われわれはその名称を拝借《はいしゃく》して、扁桃体に発現した特異領域を『クトゥルフ領域』と呼ぶことにしたわけです」

「なるほど……クトゥルフ領域か」

「さっきも言ったように、扁桃体——それに海馬に連動する特殊分子の発現は、人間とマウスに共通するものでした。その意味でマウスはわれわれ人間たちと非常に近しい存在といっていい。たしかにゲノムだけのことからいえば、チンパンジーやボノボのほうがよりわれわれに近しい存在といえるかもしれない。けれども、遺伝子コードの解読パターンとか、その生体における表現型については、マウスのほうが人間により近いと断言してもいいと思います。ほかの動物たちは具体的、現実的に、何か恐れるべき対象がそこにあって初めて、『恐怖』を覚えます。けれども人間と——そしてたぶんマウスだけが——」そこで博士は一瞬言いよどんだ。なにか人とマウス以外に「恐怖」を恐怖する生命体がいるとでも言うかのように——しかし、そのまま話をつづける。「『恐怖』そのものを恐怖することができるらしい。いまのところ、これはまだ仮説の段階にすぎませんが、もしかしたら人間の言語を育んだのは愛ではなしに恐怖だったのではないかと。もともとは『恐怖』にこそ言語の萌芽《ほうが》があったのではないかと——」

「愛ではなしに恐怖に言語の萌芽があった？」たまりかねたように柵木沙耶希が言葉を挟んだ。「あのう、そんなことってありますか。どうやったら恐怖が言語を生むことができるのですか」

「それを調べるために我々は『囀るマウス』をコードしたのです。そのためにマウスのメッセージを可聴域のものにした、といってもいいかもしれない。研究のためには聞こえないより聞こえるほうがいい。もっとも、マウスの『恐怖の歌《ホラーソング》』は厳密にはディミニッシュコードと異なるために、一般に『デモニッシュ・コード』と呼ばれることが多いようですが」

「ホラーソング、デモニッシュ・コード……」榊原はぼんやりつぶやいた。「悪魔のコード……」

「この場合の『ホラーソング』を人間のそれのように単純に言語の原始形と考えていいものか——それがわたしどもの研究のいわばキモでしてね。マウスの『歌』にも、それなりの緻密さ、規則性が見られるのだとしたら、いずれはそれは『言語』

に成長する可能性があるのかもしれない。言語中枢《ちゅうすう》を発達させる可能性があるかもしれない。だとしたら、そこに『魂』が生じる可能性もあるのではないか」

「はあ?」榊原はわれながら情けない声を出した。「魂、ですか」

何だ、それ？　今度は「魂」とおいでなすったか。この話はどこに着地するのか。そもそも着地することがあるのだろうか？……頭のなかがグルグル渦を巻いた。

「そうです。だとしたら、ここに問題が一つあります。それは、マウスにヒトと同じように言語を持つ可能性があるのだとしたら、それを実験のために無残に年に何万匹も殺害しても、倫理的に許されるのか、という問題です。そのことで一昨年、ローマ法皇から正式に世界に声明が出されましてね」

「ローマ法皇、ですか」

「ええ、法皇が仰せられますには、科学者たる者すべからく、マウスに魂があるかどうか、を早急に解明すべきではないか、ということでした——なにしろマウスは日々、実験動物として、大量に虐殺されてますからなあ。全世界でいえば一日に万のオーダーに達するのではないか、と言われています——バチカンとしては、そのうえでマウスを大量に生体実験に処するのが正当であるかどうかを判断したい、とそういうことでして」

「そうですか」榊原の返事は急速に歯切れの悪いものになった。

まさか、囀るマウス、などというヒマネタが、ローマ法皇の声明にかかわってこようなどとは夢にも予想していなかったことだ。

ワイドショーで取り上げるのに、マウスに魂があるかどうか、あるのだとしたらそもそも魂とは何なのか、などという七面倒な話題がふさわしいものとは思えない。

——このコーナーはさっさと切り上げたほうがいい。

榊原の頭のなかでスクランブルの警告が鳴りわたった。

——この爺はとんだ喰わせ物かもしれない。見かけだけから判断するのはヤバい。

榊原は善良さからも知性からも洞察《どうさつ》力からも縁遠い男だったが、ふしぎに動物的な勘にだけは恵まれている。このときもその勘が絶妙のタイミングで働いた。

そもそも凩が見かけどおりの道化であったなら、政府から莫大な活動資金を援助されている科学機関の、幹部研究者の地位を得ることなどできないはずなのだ。それにはただ研究者として有能なだけでは不足だ。人並み以上の政治力が要求されるにちがいない。たんなる道化に可能なことではないだろう。

——危ない、危ない。

さすがに榊原は老獪《ろうかい》だ。この話に何とはなしにうさん臭いものを感じはじめていた。何か裏があるのではないだろうか。

5

こういうときの榊原の逃げっぷりの速さはじつに賞賛に値する。それまでの話のつながりをまるで無視して、「それではマウスさんに囀ってもらいましょうか」唐突に話を打ち切ろうとした。

が、そのとき、ふしぎなものを見たことが、榊原の舌の動きを鈍らせてしまったのだった。そう、じつにふしぎで、信じられないものを見たことが

――

　榊原と凧のまえにスタジオを映しているモニターがある。そのモニターのなか、榊原たちの背後に、一人の少女が浮かびあがったのだ。

　スタッフたちがそのまわりを行き来している。が、どういうことだろう？　誰も少女の存在には気づいていないようだ。

「……」

　榊原は反射的に振り返った。しかし自分たちの背後に少女などいない。いるはずがない……これはどういうことだろう？　呆然としてしまう。

　――頭がおかしくなりそうだ。

　かすかに頭痛がした。

　目を瞬かせる。そしてモニターに視線を戻す……すると、そこにやはり、その少女はいるのだ。

　サンタの扮装をしたアイパッチの少女とも、眼鏡の少女とも、トイレの鏡に写っていた赤い髪の少女とも違う。が、その少女も、さきの三人に負けず劣らず愛らしく、魅力的だ。そのモニターのなかの少女が、がんばれ、がんばれ、というように右腕をグルグル回転させているのだ。その手首に包帯を巻いているのが目に焼きついた。

　たしかに可愛い。が、単純に可愛いとだけ言っていいものかどうか。可愛いかもしれないが、それ以上に邪悪なのだ。じつに何というか、邪悪そのものといっていい笑いを浮かべていた。

　凧に視線を戻す。その表情をうかがう。凧もやはりモニターのなかの少女の姿を見ているのだろうか？　榊原にはそれはわからない。が、凧の顔には――おそらく榊原と同じように――一種、奇妙としか言いようがない表情が浮かんでいる。その表情を見るかぎり、凧もやはり少女の姿を視認しているのではないか、と思う。

　しかし、すぐにモニターから少女の姿は消えてしまう。あれは『不思議の国のアリス』だったか――なんとかキャットのように笑いだけを残し……その笑いさえも数秒後にはあとかたもなしに消えてしまったのだった。

「……」

榊原は凧を見つめた。その視線に、

――いまのを見たか？

という問いかけをこめたつもりだ。

が、凧はそれに気づかなかった。あるいは気づかないふりをした。咳払いをして何事もなかったかのように言葉をつづけた。

「要するにです。マウスに言語の萌芽《ほうが》を見い出せるかどうかをテストしているうちに、その『囀り』はそのまま、ある種の特殊な情報を、ある種の特殊な人間に、伝える機能を持っているようだ、ということがわかってきました。これを、われわれは『ひょうい文字』と呼んでます」

「ひょうい文字？　表意文字……」

榊原はとっさに凧の言葉についていけずにいる。何も理解できないまま、ただぼんやりと相手の言葉をくり返した。

「そうじゃない」

凧は榊原のアクセントからそれにどういう字が当てられたかを敏感に読み取ったようだ。言下にそれを否定するなり、指をすばやく宙に走らせた。

――憑依《ひょうい》文字。

その異様な言葉は、榊原や、沙耶希だけではなしに、視聴者たちの脳裏にも克明《こくめい》に刻まれたのにちがいない。あたかも人間の精神を破壊しつくす凶暴なトラウマのように。

「何なんだ、憑依文字って……」榊原はぼんやり訊いた。

「聴けばわかります」と凧はあざけるように言った。「まあ、聴きなさい」

榊原は何としてもそれを制止すべきだったろう。「囀るマウス」はとっくにヒマネタなどという生易しいものではなくなっていた。すでに当初の牧歌的《ぼっか》な装いをかなぐり捨てて、何かとてつもなく禍々《まがまが》しいものに変貌《へんぼう》しつつあるようだった。その先には何が待ち受けているのか。

そうなのだ。「囀るマウス」は囀らせるべきではなかった。いつもの、何を措いても勘だけは研《と》ぎすまされた榊原であれば、本能の命じるまま、躊躇《ちゅうちょ》なく、それを制止したにちがいない。そのためであれば実力行使も辞さなかったはずなのだ。

しかし、このときばかりは、何がどうしたのか、体がピクリとも動かなかったのだ。まるで夢のなか、いや悪夢のなかに身を置いているかのように。

——ああ、ダメだ。おれの番組が壊されてしまう。

凩がケージのほうに歩いていくのを目の当たりにしながら、足を踏み出すのはおろか、指一本、動かすことができずにいた。

「お願いだ、だれか」榊原は病人のように弱々しく震える声で言った。「誰かそいつをとめてくれ」

声は囁《ささや》くように低かったがそれでもその場にいる全員に伝わったはずだった。それなのに、ふしぎなことに、誰も榊原の言葉に従おうとはしなかった。コメンテーターたちも立ち上がろうとはしなかったし、スタッフたちも近づいてこようとはしなかった。柵木沙耶希にいたっては、熱にうかされたように、ギラギラとうるんだ、何かを期待するような目で凩のことを見つめているのだ。とり憑《つ》かれたように、とでも言えばいいだろうか。

——この女のあのときの目はどんなだっけ？

さすがにゲスな榊原だけのことはある。この場合に——チラッとではあるが——そんな不謹慎なことさえ考えた。

このとき榊原はこれをじつに長い、長い時間のように感じた。もちろん、ただたんにケージに近寄るだけのことだ。それがそんなに長い時間を要するわけがない。実際には、ほんの一瞬のことであったはずなのだが。しかし……

　奇妙なことに、このときテレビを視ていた視聴者たちも、これをひどく長い時間のことのように感じたのだという。まるでこのとき時間がゴムヒモみたいにズルズル伸びたかのようだった。

　どこか目に見えない異次元からおぞましい魔物が鱗《うろこ》だらけの触手をのばして〝時間〟をつまみあげた。クスクス笑いながらそれを引きのばした。そのうえでその鋭いナイフのような鉤爪《かぎづめ》でそれをプツリと切った。伸びるだけのびきった時間がちぎれた……

　そして——

　凩の指がケージに触れたのだ。

6

　何がどうなったのかわからない。

　たんに起こっただけのことを言うなら、凩がケージに触れたとたんにマウスが「囀った」——ただ、それだけのことだ。

　それはそうなのだが、まさかマウスがこれほどまでの大声を放つことになろうとは、誰も予想もしていなかったことだった。

　マウスは大音声で囀った。天井のサスペンション・ライトが大きく揺れるほどに。セットのパネル壁さえ前後に揺れるまでに——

　出演者、スタッフたちは一様に驚き、浮き足だった。ただでさえ、とてつもない大音響なのに、それをマイクが拾い、さらに大出力のアンプが増幅した。殺人的なまでの狂騒音《きょうそうおん》がスタジオに鳴りわたることになった。

　このときも榊原の動物的本能が発揮《はっき》された。あとさき何も考えずに体だけが動いていた。マウスが囀るのをやめさせようとケージに飛びついたのだ。が、このときには、榊原の動物的本能がむしろ裏目に出てしまったようだ。

　ケージが大きく揺れてワゴンから落ちた。どうして、そうなってしまったのか、マウスが宙に飛び出してしまったのだ。マウスはクルクル回転しながら宙《ちゅう》に舞った。そこへ榊原の指が突き出されたのだ。不運なことに、と言おうか。

　榊原は反射的にマウスを掴《つか》もうとした。バカなことをしたものだ。うまくいかなかった。マウスは榊原の手をすり抜けた。

　空を掴んだその手にヌルヌルとした感触が残された。おや、なんでマウスが濡れてるんだろ、とそのことを疑問に思った。

　まったく痛みは感じなかった。だから、とっさに自分の身に何が起こったのかわからなかった。その手を目のまえにかざし、はじめて指が一本なくなっていることに気がついた。ヌルヌルしているのは切断面から噴き出した血なのだった。マウスに指を噛み切られた、と思った。

　痛みも感じなければ驚きも覚えない。現実感に乏しかった。気がついたときには床に尻餅《しりもち》をついていた。そこにない指を見つめながら、「指を噛み切られた……」ぼんやりそうつぶやいた。

　ふと見上げると、そこに柵木沙耶希が立っていた。その表情は、一見、榊原のことを同情しているように見えるが、そうではなかった。明らかにこの事態を面白がっていた。いつだって人の不幸を面白がるのは榊原も同じだ。だから、いま沙耶希が何を考えているのかもすぐにわかった。何てやつだ、とムッとした。人の不幸はおもしろいが、自分の不幸はぜんぜん面白くないのだから。

「指を探してらっしゃるんですか。大変ですね」

わざとらしく同情するような声で沙耶希は言った。「指、くっつくといいですね。噛み切られて、劣化してないといいけど」

そして、笑った。モニターのなかの少女がそうだったように邪悪な笑いだった。

――何だって。

榊原は頭のなかを思いきり蹴りつけられたように感じた。

――劣化だって。

しびれるようなショックを受けた。あまりのことに呆然とした。

榊原はネットに「復帰したあとの柵木沙耶希の劣化がひどい」というデマを大量に流した……どうやら彼女はすでにそれを知っていたらしい。すべてを知っていながら、そ知らぬふりをして、榊原と一緒に番組を進行させていた。

――何でだ？

榊原はそのことに怯んだ。

これまでの榊原は沙耶希のことをいくらか軽んじて見ていた。が、それがここにきて、急に得体の知れない存在として感じられるようになった。この女はいったい何を考えてるんだ？　榊原はほとんどそのことに戦慄《せんりつ》したといっていい。

「……」

床に四つん這《ば》いになりながら、沙耶希を見あげる。体のなかを氷柱《ひょうちゅう》が張ったように全身が冷たかった。いつしか震え出している。このとき榊原は咬み切られた指のことさえほとんど忘れていた。それほどまでに沙耶希という女の得体の知れなさに戦慄していた。彼女のことが恐ろしかった。

そう、ただもう彼女のことがひたすら恐ろしかったのだ。どうしてこんなに恐ろしいのか自分でもわからない。ただもう無性《むしょう》に恐ろしかった。なにしろ恐ろしくて、恐ろしくてならなかった……。

「おまえは」榊原の口から自分でもそうと意識していなかった声が洩れた。「何者なんだ」

そのとき、ようやくチーフ・ディレクターの檜垣が事態の収拾にかかったようだ。まだ、その時間ではないのに副調整室《サブ》から強引にコマーシャルを入れたのだった。

そのとたん何かが起こった。

何が起こったのかはっきりとはわからない。実際に起こったことは、バン、というショートするような音とともにスタジオの電気が一斉に落ちたことだ。

停電？　いや、まさか！　ありえないことだった。予備の電源もあるし、緊急時には自家発電に自動的に切り替わることになっている。どんなことがあってもテレビ局の、しかも生放送中のスタジオの電源が落ちるなどというのはありえないことだった。

その、絶対にありえないことが、しかし現に起こったのだ。一瞬のうちにスタジオは暗闇《くらやみ》に閉ざされてしまう。闇のそこかしこから悲鳴めいた声が聞こえてきた。何かが床に落ちたらしい。ガシャン、という金属音が響きわたった。

一度、若い女性のすすり泣くような声が聞こえた。が、それもほんの数秒のことで、泣くなよ、と誰かが制止して、すぐに静まった。そのあとはしんという静寂《せいじゃく》だけがきわだった。闇のなかに非常口の赤い表示だけが遠い灯台の灯のように浮かびあがっていた。

誰もが息をひそめるように黙りこくっている。緊張だけが膨らんでいく。パニックにみまわれてもおかしくない状況だが、意外に平静なのは、生放送中に停電にみまわれる、というあまりの非常事態に、ほとんど誰もが呆然自失しているからかもしれない。ほんとうに平静なわけではなしに(そんなはずはない)、その場にいる全員がショックに打ちひしがれているということか。

「大丈夫です。何があったのかはわかりませんがすぐに電気は戻ります。そのまま、その場所でスタンバイしててください。いまはCMを流しているので問題はありません」

誰かADの一人が大声でそう言ったことも皆の動揺《どうよう》を抑えてくれたようだ。いつもはマイクを通して聞こえる声が、いまは肉声なのがことのほかユーモラスに響いた。

「その場でスタンバイって——こう真っ暗じゃ動くに動けないじゃないか」

誰かがそうボヤいて笑いを誘った。いくらか緊張がやわらいだようだった。

副調整室のほうではスタジオの電源が復旧するまで何があっても番組をつないでくれる努力を怠《おこた》らないはずだ。下手に騒ぎ立てようものなら、かえって事態を悪化させるだけだ、ということは誰もが理解しているようだ。ここはただ大人しく待っているほかはない。

ほんとうなら、まがりなりにもこの番組の主役である榊原が、率先して全員を落ち着かせるべきだったかもしれない。いつもの、なによりスタンドプレイを好む榊原なら、こうした自分をアピールする絶好の機会を何があっても逃すことはしなかったろう。

しかし、何もしなかった。何もできなかった。いまだに榊原は床のうえで四つん這いにうずくまったままなのだから。

沙耶希に恐怖してのことではない。電気が消えて彼女の姿はもう見えない。たぶん、もうそこにはいない。さすがにそこにいないものを恐怖したりはしない。それに、じつのところ、もう沙耶希どころではなかった。それどころではない。

視界が闇に閉ざされるやいなや理解を絶することが起こったのだ。あまりにそれが異常なことだったために、気死《きし》したように体が動けなくなってしまった。

明かりが消えたとたんマウスに噛み切られたはずの指の感触が戻ってきたのだ。いまのいままでなかったはずのものが、ありありとそこに蘇るのを覚えた。たしかに、なかった。消えていた。それがいまは、はっきりとそこにあるのを感じるのだ。

――何だ、いったい何があったんだ。

いまだにヌルヌルした感触は指の付け根に残っている。しかし、いまはもうそれが血ではなしに、脂汗だということがわかっている。これはどういうことだろう？　マウスに指を噛み切られたと思ったのはたんなる錯覚にすぎなかったのだろうか。

いや、そんなはずはない、と榊原は頭のなかでそれを否定する。指はたしかになかったのだ。宙におどったマウスを掴もうとして、しかし、それがかなわずに宙を握ってしまったあの感触はいまもまざまざと指先に残されている。あのときにはもう噛み切られてしまい、すでにそこにはなかったはずの指先に。

いったい指はあるのかないのか？　それを確かめるためには、ただもう一方の手で、その指先を握ってみればいいだけのことだ。何もあれこれ思い悩むまでもないことだろう。

しかし、それができない。そんなふうにうかつに確認してしまうと、なにか取り返しがつかない結果を招くような気がして、どうしても踏み切ることができずにいる。——そういえば……

　ふと妙なことを思い出した。

　本番に入るまえにトイレで手を洗ったときのことだ。蛇口から流れ落ちる水のなかに指が消えてしまったように見えた……そのときのことを思い出したのだ。

　——あれは何だったのだろう？

　もしかしたら、あれはこのときのことを予兆したのではないか。誰かが予言したのではないだろうか。誰かが、誰が？　このおれが。——いや、違うだろう。誰かがこれを予言したのだとしたら、それは……

　——あのトイレ清掃の婆さんではなかったか。あの婆さんは何者だったんだろう？　不幸を予言する巫女《みこ》でもあったのか。

　思いはますますあらぬほうに傾いていった。頭のなかで老婆の姿、が嵐を告げる暗雲のように不吉に急速に膨らんでいった。ほとんど妄想の域にまで届こうとしていた。

　——あの婆さんはたしかにラヴホテルにもいた。玄関先をモップで拭いていた。それがどうして局のトイレにまで姿を現したのだろう。ホテルから局までおれのことをつけてきたのか。あの婆さんはおれのストーカーでもあるのだろうか。

　にわかには信じられないことだった。

　それはまあ、日常的にテレビに出演していれば、いつだって、誰だって、ストーカーにつけ狙われる危険性はある。それは人気タレントでもなければ、人気俳優でもない、五十男の榊原にしても同じことだ。が、そのストーカーをする者が、とうに七十歳を過ぎているであろう老婆というのはどういうことか。可能性として、ありうることだろうか。

——どういうことなんだろう？

榊原はぼんやりと老婆の姿を頭に思い描いた。老婆はモップでトイレの床を擦っていた。と、闇のなか、現実に、モップが床を往復する音が聞こえてきたように感じたのだ。モップの先端がタイルの縁を擦《こす》ってカサカサという乾いた音をたてる。その音がしだいにざわめくように高くなっていった。

——いや、これはモップの音なんかじゃない。こんな真っ暗ななかで誰が掃除なんかするものか。これは、この音は……

何なのか？　現実にそれを見るまえにすでに答えは下意識の底に用意されていたように思う。が、それを意識の縁まで浮上させるのが恐ろしかった。いや、恐ろしいというより、おぞましいという気持ちのほうが先にたった。

視覚よりもまえに生理のほうが先に反応した。何かが肌のうえを這うような感触。ざあっと一斉に鳥肌が立つのがわかった。悪寒などという生やさしいものではない。氷柱のような戦慄が全身をつらぬくのがありありと実感された。

見たくはなかった。見ないほうがよかった。なにしろ、そこに群れていたのはゴキブリたちなのだから。できれば見ずに済ませたかった。けれども、見てしまった。

ゴキブリの群れを——

7

何十匹となくびっしりと群れていた。もしかしたら百匹以上を数えるかもしれない。カサカサとたがいに翅を擦りあわせるようにして蠢いている。全体が波うつように赤黒く光る。ぬれぬれといやらしく油じみた光沢だ。まさにアブラムシの名にふさわしい。

それにしても、どうして、この闇のなかで榊原はそれを見ることができるのか。スタジオに残された光源といえばわずかに非常口の明かりしかない。その乏しい光のなかでどうやってゴキブリの群れを見ることができるのだろう。そんなことはありえない。

しかし、そのありえないことが、いままさに榊原の身に起こったのだった。

現実に何が起こったのかは榊原にもわからない。ただ自分が何かに活性化されたのだけはわかった。どこからか未知のエネルギーを得た。そのエネルギーが視覚をぎりぎり限界まで賦活《ふかつ》した。鋭敏《えいびん》なうえにも鋭敏に研ぎすましたのだ。スタジオのあるかなしかの光量をスポットライトのように一点に集めた。それでゴキブリの群れを浮かびあがらせたのだった。

ほかの人間にはそのゴキブリの群れは見えていないはずだ。彼らは暗闇のなか、何も見ることができずにいるはずなのだから。

昔、駆け出しのアナウンサーだったころ、陸上自衛隊の特殊部隊を取材したことがあった。といっても、突っ込んだ取材をしたわけではない。ただ特殊部隊の装備を、それも報道されてもさしつかえないものを見せられたにすぎない。いまも鮮烈に記憶に残されているのは、スターライト・スコープというライフルの照準器だ。かすかな星明かりだけしかなくても、それを増幅して、ターゲットを視認できるようにしたものだ。

そのスターライト・スコープを覗いたときの記憶がまざまざとよみがえる。これはまさにあのときの再現に他ならない。どうしてか非常口の貧弱な明かりが集光されているのだ。まさにスターラ

イト・スコープにおける星明かりのように……

――これはどういうことなんだ?

その疑問が渦巻くように湧き起こったが、いま自分が目にしているもののあまりのおぞましさに、すぐにそんなことはどうでもよくなってしまう。実際、それどころではなかった。

ゴキブリの顎部《がくぶ》は異様なまでに大きい。それだけに、噛む力がきわめて強いと聞いている。何でも噛んで何でも咀嚼《そしゃく》してしまう。

いまもゴキブリたちはしきりに壁を噛み、ケーブルを噛んでいる。カサカサ、カサカサカサ……という音は絶え間ない。強迫神経症《きょうはくしんけいしょう》的につづいている。

こんなにもゴキブリという生き物は勤勉だったろうか。それがこの停電を引き起こしたのか。

榊原はすぐにも声をあげるべきだった。大声をあげて人々の注意を喚起《かんき》すべきだった。たとえば、こんなふうに――スリッパはあるか。新聞紙はどこだ、懐中電灯を持ってこい、そこにゴキブリたちがいるぞ、ゴキブリたちを叩きつぶせ、追い払え……しかし、できなかった。そもそも声が出なかった。喉《のど》が痺《しび》れたように狭窄《きょうさく》していた。口内から唾液《だえき》があとかたもなしに引いていた。

それというのもゴキブリたちの動きがあまりに妙だったからだ。そのことに戦慄していた。唇が引きつるように痙攣《けいれん》しているのがわかった。

ゴキブリはアリのような社会性昆虫なのだろうか。群れのなかで分業システムをとっているのか。そんな話は聞いたことがないし、もちろん見たこともない。けれども、それらゴキブリたちの行動を見るかぎり、そうとしか思えないのだ。

まず壁を噛みつづけるグループがある。床に落ちた粉塵《ふんじん》をかき集めているグループがある、そしてそれを頭部と前脚でしきりにこね回しているかのように見えるグループがある……彼らの動きは秩序だって、じつに整然としている。分業システムをとっているとしか思えないのだ。

　ゴキブリたちが壁を噛み、その内部配線を噛み切っていることが、この停電を引き起こしていることは間違いない。問題は――

　そう、問題は、彼らが意図してそれをやっているとしか思えないことだ。その秩序だった行動は明確に破壊活動を目的としたものに見える。

　つまり、このゴキブリたちはテロリストということか。ゴキブリストだ。

　――バカな。おれは何でこんなときにダジャレなんか。

　さすがにそう苦笑した。――その矢先のことだ。

　ゴキブリの一匹がテロ行為にうって出たのだ。まさにテロとしか言いようがない。非常口の灯に向かって一直線に飛んだ。

　じつに目を疑う光景としか言いようがない。非常灯の乏しい明かりを受けてその翅がきらめいた。まるで夜間飛行を断行しつつあるカミカゼ戦闘機のように。

　ゴキブリの翅は退化していると聞いたことがある。飛ぶように見えて、じつは飛んでいないのだという。ほんの一瞬、跳躍するだけらしい。それなのに飛んだ。

　非常口まではかなりの距離がある。それをただの一度たりとも着地することなしに、きれいに一直線に飛んだのだ。明らかに最初から非常口の灯を狙っていた。そのことは疑う余地がない。

　退化したはずの翅でどうして飛ぶことができたのか？　これが最初の疑問だ。どうしてゴキブリに非常灯を識別することができたのか？　それがもう一つの疑問だ。

　まさかゴキブリに字を読むことができるとは思

えない。それとも、たんに明かりを目指した盲目的な動きにすぎなかったのか。いずれにしろ、そのゴキブリの行動には驚きいるほかはない。

が、それ以上に驚かされたのは、非常灯に命中してからあとのことだった。カミカゼ、と呼んだのは修辞でもなければ誇張でもない。まさにそのゴキブリは自爆したのだ。

爆発した。

8

「何、いまの音？」

誰かがそう不安げにつぶやくのが聞こえた。

「何でもないさ」とべつの誰かがそれに応じる。

「ケーブルにでも蹴つまずいたんじゃないか」

そのあとはまた沈黙がつづく……

非常灯が破裂したのに気づいた人間はほとんどいなかった、ということらしい。

スタジオは暗いし、非常口は遠い。誰の目にもとまらなかったとしてもふしぎはなかったろう。

それに——

たまたま、それを目にした人間がいたとしても、無理な電圧がかかったせいだ、とでも強引に自分を納得させたことだろう。ゴキブリが自爆したせいだなどとは夢にも思わないにちがいない。

それはそうだろう。ゴキブリが自爆テロしたなどあまりに荒唐《こうとう》無稽《むけい》だ。完全に理解の外にある。

榊原にしてもそうだ。いま自分が見たばかりのものを信じられずにいる。むしろ、信じたくない、という気持ちのほうが強い。

だが、ゴキブリが非常灯を爆発させたその一瞬の閃光《せんこう》は、くっきりと榊原の網膜《もうまく》に焼きつけられるように残された。

残酷なまでにありありと――

――あれは蛾がロウソクの炎に飛び込むのと同じだ。要するにゴキブリは非常灯の明かりに向かって飛び込んだんだ。そのために非常灯が割れたのが爆発したように見えたのにすぎない。

一度はそう自分を納得させようとしたのだ。むりやりに。

けれどもそれが事実でないことは誰よりもよく榊原自身が承知している。現にその目で見たものをどう否定することができるだろう。

現実にそのゴキブリは爆発したのだ。自爆テロした。そのことはどうにも否定しようがない。

――どうしたらゴキブリが爆発なんかできるんだろう？

ゴキブリたちは壁を齧《かじ》っていた。ケーブルを齧っていた……

その齧りカスと唾液を混ぜあわせて何らかの爆発物質を作り出すなどということが可能だろうか。テロリストたちが化学洗剤とか化学肥料から爆発物を作り出すように。――もっともゴキブリが唾液を分泌するのかどうかは知らないが。

それとも、これはフェロモンだか、ホルモンだかの体内化学物質のなせるわざなのだろうか。ゴキブリは進化して爆発物をみずから製造することができるようになったとでもいうのか。

――進化？

ゴキブリはすでに進化の最終局面に達している、という話を読んだ記憶がある。ある意味、進化の完成形にあるのだ、と。

たしか「生きた化石」と呼ばれているのではなかったか。地質学的年代のはるか昔からいままで生きのびてきた。人類が滅亡しても彼らだけは生きのびるのだという。

どこで得た知識なのかは覚えていない。もしかしたら、子供のころに読んだ学習雑誌の付録にでも載っていたのかもしれない。『科学豆知識事典』だったろうか。榊原の科学の知識といえばせいぜいがその程度のものだ。

その「生きた化石」がいまさら進化するなどということがありうるだろうか。それも滑車の使い方を覚えたり、「爆発能力」を獲得するなどという途方もない方向に、そう、――自爆テロに。

狂信的なテロリストは自爆テロで命を落とせば天国に行ける、と信じ込まされるのだという。それでは、自爆テロで命を散らしたゴキブリはどうか？　やはり天国に行けると信じているのだろうか。

――ゴキブリの天国ってどんなだろう。やっぱりゴキブリの神様がいて、ゴキブリの天使たちがそのまわりでハープを奏でているのだろうか。悪魔はどうか。そこにはゴキブリの悪魔もいるのだろうか。

などと埒《らち》もないことを考える。

一つには、そんなことでも考える以外にやるべきことが何もない、ということもある。なにしろ、手を目のまえにかざしても、指さえ見えないほどの真っ暗闇なのだ。まるで身動きがとれない。

星明かりすらなければスターライト・スコープも機能しないだろう。せっかくスターライト・スコープなみの集光力を与えられた榊原の視覚だが――これ自体、どうしてそんなことが可能になったのか理解できずにいるのだが――、それも非常灯までもが破壊されたのでは何の役にも立たない。

それに、ゴキブリの自爆テロを目のあたりにした驚きが、いまだに体のなかに尾を曳《ひ》いて残っている。全身が痺れたようにマヒしてしまっているのだ。

ただでさえ、この世にゴキブリほどおぞましくも汚《けが》らわしい生き物はいない。それが自分めがけて飛んでくるかもしれない、爆発するかもしれない、というのだから、じつにたまったものではない。――想像しただけで気を失いそうになってしまう。体がすくんで動けなくなってしまう。

――それにしても……

と榊原は考える。

――どうしてゴキブリたちはスタジオに最後に残された明かりまでも消してしまったのだろう。

考えられるのは、ゴキブリたちが人間たちに害をなそうとしているのではないか、ということだ。

壁を囓り、ケーブルを囓って、電源を損傷《そんしょう》させたことからも、あのゴキブリたちが人間に対して悪意を持っていることは疑う余地はないように思われる。その彼らがスタジオに最後に残された非常灯を破壊したということは、つまりは人間たちへの襲撃をもくろんでいる、ということではないだろうか。

そうなればスタジオは大混乱におちいることになるだろう。たぶん収拾がつかなくなってしまう。この暗闇ではろくに逃げることもできないからだ。

おそらくゴキブリが非常灯に自爆テロを仕掛けたのを目撃したのは榊原ひとりだけのはずだ。そうであれば榊原には他のみんなに危険を伝える義務があるのではないか。

――ない。そんなものはない。

榊原は即座にそれを否定する。およそ彼の辞書に「義務」だの「責任」だのという言葉は載っていない。

それというのも榊原は怯懦《きょうだ》で卑劣な人間だからだ。なによりも、わが身大事に生きてきた。

そうであれば、ゴキブリが自爆テロを挑んでくるかもしれない、などということをわざわざ人に伝えたりはしない。うかつに動いたりしようものなら自分がまっさきにテロの標的にされるかもしれないとあればなおさらのことだ。

　わが身を犠牲にして人を助ける、などという行為ぐらい榊原の行動原理からほど遠いものはない。冗談じゃない。勘弁して欲しい。それよりも何もせずに暗闇のなかでジッと身をひそめていたほうがいい。そのうちに、いずれ誰かが何とかしてくれるにちがいない。何もおれが何とかしなければならない義務はない。おれは何もしない、何もしないぞ……

　しかし——

「もうすぐＣＭが終わっちゃう」闇のなかからそう若い声が聞こえてきた。「ちょっと外の様子を見てくる」

　人の動く気配——出入り口のほうにソロソロと向かったようだ。

　長いように感じたが、実際には明かりが消えてから数分しか過ぎていない。ＣＭでつなげる程度の時間だ。が、それにも限度がある。いつまでもＣＭでつなぐわけにはいかない。どうしたらいいか？

　その若者としてはそれが心配になったわけなのだろう。いまどうなっているのか、これからどうすればいいのか、それを確かめるためにスタジオの外に出る気になった。それだけ責任感の強い若者ということなのかもしれない。

　——誰だろう？

　聞き覚えのある声だ。若いアシスタント・ディレクターの一人かもしれない。が、誰かはわからない。

　いずれにしろ榊原の意識のなかではＡＤなど虫ケラにも等しい存在なのだ。ただでさえＡＤの入れ替わりは激しい。いちいち顔や名前を覚えていられるはずがない。覚えようという意志もなかった。要するにADがどうなろうと知ったことではなかった。

それなのになぜ、そのADを助けなければならない、などと思ったのか。「動くな、ジッとしてろ」と声をあげようとしたのか（実際には声をあげることはできなかったのだが）。ましてや、どうしてADを助けるために立ち上がり――暗闇に覆われてほとんど何も見えないはずなのに――自分も出入り口に突進しようとしたのか、すべては説明のつかないことだった。

突然、人間愛に目覚めたとでもいうのだろうか。いや、榊原にかぎって、そんなことはありえない。魔がさしたとしかいいようのない瞬間だった。いずれにしろ、いつもの怯懦で卑劣な榊原からは想像もつかない行為だ。

が、しょせん榊原に人助けは似あわない。立ち上がり、走ろうとしたとたんに、足がもつれた。前のめりにたたらを踏んでしまう。いまにも転びそうになってしまった。

何が起こったのかはわからない。まるで手足の動きがバラバラになってしまったかのようだ。

事実として人間が動くということは、脳にそのための指示が与えられ、それが信号として出力されて、末端の筋肉を動かすという一連のシークエンスに他ならない。

その無意識のシークエンスと、現実の体の動きとが、なにか紐帯《ちゆうたい》を失ってちぐはぐになってしまったかのように感じられた。

夢のなかで立ちあがり、夢のなかで走ろうとしたかのような、とりとめのない浮遊感を覚えた。

一つにはその浮遊感には視覚の異常も関係しているのかもしれない。

これは榊原の視覚がスターライト・スコープのような不思議な集光能力を持ったあれ――まだあの能力は保持されているのだろうか――とはまた別の異常感覚のようだった。

　なにしろ、何も見えない闇のなか、ゴキブリ軍団のうち何匹か――いや、たぶん何十匹かが、一斉に飛びたつのが見えるのだから――はっきりとではない。が、たしかに見える。――見えないはずなのに見える……それはどうしてなのか？　が、それを訝《いぶか》しんでいるだけの余裕はなかった。

　ゴキブリたちはいままさに若いＡＤに襲いかかろうとしている。なぜか、そのことだけはわかった。疑問の余地がないまでにありありと。

　それだけの数のゴキブリが命中して爆発すれば無事ではすまない。指の一本、二本失いかねないだろう。下手をすれば失明すらしかねない。どうすればいいか。

体が満足に動かない。これではどうあってもＡＤを助けることは無理だ。が、それでもその若いＡＤを助けなければならない、という思いはつのるばかりなのだ。何でこんなにそいつを助けなければならない、と思いつめなければならないのか。

　――どうしちゃったの、おれ？

　あまりの自分らしくなさに笑い出したくなるぐらいだ。こんなおれはおれじゃない、と誰かに抗議したくなる。

　が、現実には笑い出すどころではない。助けたい、しかし体が満足に動かない……その焦燥《しょうそう》に身を焼かれんばかりだ。

　それでも歯を喰いしばり、動かない体を引きずるようにして、どうにか最初の一歩を踏み出した……

9

そのとき榊原が感じた違和感をどう説明すればいいだろう？　ストンと異次元に落ち込みでもしたかのような説明のつかない混乱に襲われていた。

まず見えていないのに見えているというアンビバレンツな感覚がある。まるで視覚がきかないのにたしかに見ていいるのだ。これは何だろう。

それにもう一つ、時間が弛緩《しかん》しているかのような妙な感覚にみまわれてもいる。スタジオの電源が落ちてから五分とは過ぎてはいないだろう。CMでつないでいるだけの時間なのだから、どんなに長く感じられても、実際にはたいした時間ではないはずなのだ。

それなのにじつに長い時間が経過したように感じられる。もちろん榊原の主観のうえでのことにすぎないだろうが、それにしてもこの一秒が一分に、一分が十分に感じられる時間の緩《ゆる》みをどう理解すればいいのか。

電気がダウンしてからのわずか三、四分のはずの時間が三十分にも感じられるほどなのだ。この時間感覚のスローダウンは自分でも説明がつかないものだった。

いや、それはたんに榊原の主観だけのことではないようだ。ゴキブリたちがADに向かって飛んでいるのがまるで極端なスローモーション映像でも見るかのように遅いのだ。彼らの飛跡《ひせき》が闇のなかに赤い尾を曳いてゆっくりとのびているのを視覚で追うことができた。せいぜい数秒ほどの出来事であるはずなのに。

そのずんぐりとした体躯《たいく》は、端的に爆弾槽を擁《よう》した爆撃機を連想させる。実際にそれらはADを爆撃しようとしている生きた爆撃機といってい い。しかも、きわめて夜間飛行に優れている。

――夜間飛行。

その言葉が、なにか榊原のなかで微妙な触媒《しょくばい》の役割を果たしたようだ。どうして、彼らゴキブリたちはこの暗闇のなかでものを見ることができるのか？　ゴキブリの複眼がとりわけ視力に優れているという話は聞いたことがない。それはもしかしたら……熱赤外線を可視化しているからではないだろうか。まるで何かの天啓《てんけい》のようにその思いが頭のなかに唐突に降ってきたのだ。

彼らは熱赤外線を感知することができる。だから、この暗闇のなかで非常灯を感知することもできるし、人体もとらえることができる……どうして、そんな突拍子もないことを思いついたのか自分でも見当がつかない。

だが、それ以外にゴキブリが非常灯を破壊し、人間を追尾することができる理由を思いつかない。非常灯はもちろん、人間の体温も熱赤外線を放っているはずなのだから。

なぜゴキブリたちが熱赤外線を追尾することができるなどということを思いついたのか、自分でもわからない。

ましてや、それがどうした連想から、親市《ちかいち》などという名前を記憶に呼び起こすことになったのか、まるで説明のつかないことだった。あまりに唐突すぎることだからだ。それに――縫子《ぬいこ》という名前も連想された。

――親市、って誰だ？　それに縫子って何だ？

一瞬、とまどったが、すぐにそれがあのカップルの名前だということに気がついた。榊原が叱りつけたのだという若いAD、それにその恋人をクビから救おうとして榊原をホテルに誘った女の子の名前が――いま思い出した――たしか縫子といったっけ。

いつもだったら一度だけ関係のあった――彼女とはそれすらなかったのだが――女の子の名前など覚えていたためしはないのだが、あまりに変わった苗字だったために、どこか記憶の隅に引っかかっていたらしい。

――親市に、縫子か。

そうと意識せずに二人の名前を頭のなかでつぶやいてみる。すると、それが何かの呼び水にでもなったかのように、どうして親市を叱りつけたのかも思い出した。

――そうか。

そうなのだ。本番直前に親市がタバコを吸っていたのを、たまたま目にとめて叱りつけた。本番にはまだ入っていなかったし、スタジオ隅の喫煙ボックスで吸っていたのだから、べつだん咎めだてしなければならないほどのことではなかった。

それを頭ごなしに叱りつけたのは、たんに榊原のムシの居所が悪かったからなのだろう。要するに、親市は運が悪かった。

――おれは怒って……それでどうしたんだっけ？

それもまた思い出した。まるで学校のトイレで煙草を吸っているのを見つかった中学生か何かのように、タバコと百円ライターを取り上げたのだ。タバコはすぐに捨てた。ライターはどうしたんだっけか？　そう、ライターはポケットに突っ込んだ。昨日からズボンはきかえていないから……

――まだそのままズボンのなかにあるはずだ。

ようやく体が動いた。考えてそうしたことではない。自然に動いた。

そのときにはまだ、しだいに時間が遅くなっていく、という感覚がいくらかは体のなかに残っていた。が、それもしだいに別の感覚にとって替わられていった。

べつの感覚？　それをどう表現すればいいだろう？　「時間が遅くなっていく感覚」そのものまでもがスローダウンしつつあるのだ。二重の意味で時間の遅滞《ちたい》が生じているとでも言えばいいか。

それは榊原がこれまで生きてきた時間とは似て非なるもののようだった。時間であってしかし時間ではない何か……これまでの榊原の時間を〈時間A〉とすれば、この未知の時間は〈時間B〉とでも呼べばいいだろうか。時間には異なる二つの系列があるのか。

榊原の手がズボンのポケットに——ノロノロと——突っ込まれた。すると、それまでまるで膠《にかわ》のように榊原にからみつき、その動きを抑えていた〈時間〉からにわかに解き放たれるのを覚えた。動きが加速された。

〈時間A〉に〈時間B〉がぴたりと重なった。〈時間A〉の固有速度と〈時間B〉の固有速度とが、いわば一つに混ざりあわさったのだった。

榊原にはその感覚をどういう言葉で表現したらいいのかわからないのだ。榊原の乏《とぼ》しい語彙《ごい》をもってしてはとうてい表現しきれない……というか、人間の言語にはこれを的確に表現しうるだけの豊かさが欠けているのかもしれない。いずれにせよ——

このとき、〈時間A〉と〈時間B〉とが合致して、自分がそれまでとはまるで異なる時間系に投げ出されるのがわかった。

ふと、こんな言葉が頭に浮かんだ。

——クトゥルフ時間。

とりわけ何かを考えようとしたわけではない。そのことに特別な意味を持たせたわけでもない。思考はほとんど機械的に頭のなかをめぐっていた。それとはかかわりなしに体も自動的に動いている。

ポケットのなかから、あの親市という若いＡＤから怒りにまかせて取りあげた百円ライターを取り出した。そして、それを松明《たいまつ》のように頭上にかざし、火を灯《とも》したのだ。

——自由の女神のように。

一瞬、そんな妙なことを思ったのを覚えている。燧石《ひうちいし》の音が闇に響いた。

榊原の耳にはそれが何かが始まる合図の音でもあるかのように聞こえた。わからないのは、いったい何が始まるのか、ということだが。

10

それまでゴキブリたちの関心は出入り口に向かう若いＡＤに集中していたはずだ。それがライターの火をかざしたとたん、一斉に榊原に注意を向けるのがわかった。

——どうしておまえにゴキブリの気持ちなんかがわかるのか。おまえはゴキブリの親戚《しんせき》か。

いつもの榊原であれば、自分で自分にそう突っ込みを入れるところだろうが、事実として、彼らの気持ちが手にとるようにわかるのだから仕方がない。

ゴキブリたちの緊張がにわかに高まったようだ。翅がカサカサと鳴り、その触覚がワイパーのように宙を薙《な》いだ……その気配がありありと感じられる。

要するに、ゴキブリたちはライターの火が放つ熱赤外線に反応したわけなのだろう。彼らは熱赤外線を感知している、という榊原の推測が当たっていたということだ。

ゴキブリには赤外線の熱源ではあっても人間にはたかの知れたライターの火にすぎない。その明かりが届くのは周囲のごく狭い範囲にかぎられていた。

が、それでもないよりはましなはずだ。スタジオの人たちにしてみれば、これまでのまったくの暗闇からわずかなりとも解放された気になったのではないか。何人もの人間の安堵《あんど》のため息が聞こえてきた。

いまの榊原は見えないはずなのに見えるという奇妙な状態にあるが、それでもライターの火明かりではほとんど何も見ることができなかった。もちろん若いＡＤの姿も見ることはできない。

それでもとりあえず、

「動かないほうがいい。この暗いなかをむやみに動きまわると怪我をする」

若いＡＤに向かってそう呼びかける。

ＡＤはそれにしたがって足をとめたようだ。その気配が伝わった。

それではゴキブリたちはどうか。彼らはすでにＡＤには関心を持っていないようだ。

さしあたってゴキブリたちの関心を若いＡＤから逸《そ》らすことには成功したということか。とりあえずはゴキブリたちの自爆テロからは救ったということだ。

——問題は。

と胸のなかでひとりごちる。

どうやって彼らの関心をおれから逸らしたらいいか、おれを救ったらいいか、ということなのだが。

——それにしても、もののはずみは恐ろしい。

成りゆきからとはいえ、若い恋人たちのために一肌ぬぐことになろうとは、ぜんぜんおれらしくない。

苦笑せざるをえない。

——まるで『クリスマス・キャロル』のスクルージのようじゃないか。おれも物語の終わりには改心するってか。いや、そいつはごめんだ。いくら何でもそいつはおれのがらじゃない。

そんなことを思いながら声を張りあげる。

「誰もいまいるところから動くんじゃない。こんな真っ暗闇で何も見えないからな。すぐに電源も戻るはずだ。一歩もそこを動くなよ」

真っ暗闇で何も見えない——と言いながら、そのじつゴキブリたちの姿だけは闇のなかにぼんやり白く浮かびあがっているのだ。ザワザワ這いずりまわっている。それを見えないのに見ている……じつに奇妙な感覚としか言いようがない。

どうしてこの闇のなかでゴキブリの姿だけが見えるのか？　どうあってもそのことだけには絶対に慣れない。なにやら落ち着かないのだ。妙な気がする。いまも榊原が声をあげたとたんに、ゴキブリたちの群れが一斉にこちらに近づいてくるのがありありと見えた。

——おっとっと……

榊原はすこし焦った。さらに高々とライターの火を松明のようにかかげた。

そのとたんに情況が急変した。ほとんど劇的とまで言っていいほどに。

松明のように——というのは、あながち突拍子もない表現ではない。事実、それは松明のようにあかあかと周囲を照らし出したのだから。

いったい何が起こったのか。たかがライターの火がどうしてこんなに明るいのだろう……まずはそのことに驚かされた。

が、それ以上に驚かされたのは、ライターの火明かりに浮かびあがった四周《ししゅう》の光景に対してなのだった。それは、榊原が熟知しているスタジオとはまるで違っていたのだ。それに――まわりには何十人ものスタッフ、キャストたちがいるはずなのに、彼らの姿が一人も見えないのだ。これはどうしたことなのか！

一瞬、自分は発狂したのではないか、と思った。――狂ってどこか精神病院の一室に押し込められているのではないか。

汚らしい病室……そこにはゴキブリの群れがザワザワ這いずりまわっているのではないか。自爆テロをしかける、狂った世界の、狂ったゴキブリたちが、壁といわず、天井といわず這っているのではないだろうか。

しかし、そうではなかった。そんなはずはなかった。あらためて視線を凝らし、そうではないことに気づかされる――ここは決して精神病院なんかではない、もとのままのスタジオなのだ。

――もとのままの？

それもまた違う。ライターの火を見れば、ここがもとのままのスタジオなんかでないことを、いやおうなしに意識させられずにはいられない。

いや、正確には、ライターの火を見れば、ではない。それが前方の壁に投げかけている影を見れば、と言わなければならない。――要するに、どこか背後からライターの火に光が当たっている、ということらしい。どこから、だろう？

ここでもまた、どこにも光源がないのだから暗くなければならないはずなのにどこからか光が射している、というふしぎな現象に遭遇したわけなのだった。

が、いまはとりあえず、そのふしぎさは問わないことにしよう。

いま、問うべきは――

その影がスカスカに透けているそのことだろう。

炎の影がぼんやりと明かるいのだ。光と影が格子状に交叉していて、そのなかを飛蚊症《ひぶんしょう》のように細かい点々が無数におどっている……

さして気にとめなければならないほどのことではないように思えるかもしれない。しかし、これはじつは、きわめて異常なことなのだ。なぜなら、炎の影はもっと暗くなければならないはずなのだから。

以前、番組で、夏休みの子供向けに「科学コーナー」のようなことをやったことがある。あまり反響がかんばしくなく、すぐにとりやめになったのだが。そのときに、どこかの理科の先生がロウソクの火に光を当ててこんなことを言った。

「炎に光を当てると影ができます。これは炎がプラズマ状態にあるからです。そのために光をすべて吸収してしまいます。それで炎に光を当てると暗い影ができるのですね」

その先生ははっきりいって無能だった。どうして炎がプラズマ状態にあると光をすべて吸収するのか？　そもそもプラズマとは何なのか？　それがまずもって榊原にはわからない。榊原にわからないということは、子供にもわからないということだ。早々にお払い箱になったのは当然だろう。

ただ、それで炎に光を当てると暗い影ができるのですね、という言葉だけが記憶に残った。

それなのに、この炎の影は明かるいのだ。

――それはどうしてなんだろう？

榊原は胸のなかで自問した。すると驚いたことに――

「それは、あの、あなたの視力の分解能が変化したからじゃないかと思うんです」

背後からそう応じる声が聞こえたのだ。その声はさらにつづいた。

「たぶん、いまのあなたの視力は光学顕微鏡《けんびきょう》なみの分解能を持っている。集光能力が増して、それにつれて分解能も増した。ふつう人の視力・分解能はせいぜい一万分の一メートルぐらいしかない。いいとこダニが見える程度です。

けれどもこれが光学顕微鏡となると百万分の一メートルぐらいの分解能はある。さすがに原子までは見ることはできないけど――えっと、たしか水素の原子が十のマイナス十乗メートルぐらいのオーダーだったはずだから――まあ大腸菌ぐらいは見ることができるんじゃないかと思います。

それで――およそ分解能が百倍になった。だから炎のプラズマがいつもより明るく見えるわけです。炎のまわりをおどってるように見えるものは分子じゃないかと思うんです。原子量の多い分子だったらどうにか見ることができるから……」

驚いたことに？　いや、実際にはそこに驚きの念はなかった。ふしぎなまでに。なにか自分の背後に少年がいるのが当然のことでもあるかのように感じた。むしろ、そのことにこそ驚くべきだったかもしれない。

――少年？　少年なのか。

そう、目で見て確かめるまでもない。それは少年にまちがいなかった。なぜなら、その声はとても若々しく、はつらつとしていたからだ。思春期の萌《も》える息吹《いぶき》のようなものまでもがはっきり感じ取れた。

しかも、いま初めて聞く声なのに聞き覚えがあるのだ。そのどこか遠慮がちで、気弱そうな声……なにか懐《なつ》かしい気さえする。

――いまのあなたの視力は光学顕微鏡なみの分解能を持っている。集光能力が増して、それにつれて分解能も増した。

というその言葉にも理解の深いところで納得させされるものがあった。

自分の視力が顕微鏡ほどの分解能を持つなどということは、常識的には信じられないことだ。

が、そう考えれば、どうして暗闇なのに視界がきくのか、ちっぽけなライターの火をこんなにも明るいものに感じるのか、時間がスローダウンして感じられるのか、すべて説明することができるのではないだろうか。

ただ、どうしてその少年は榊原の視力に異変が起こったことを知っているのか。どうにもそのことの説明はつかないのだが。

この際、常識などというものは忘れてしまったほうがいいかもしれない。それ以外にも常識では測れないことがある。

——おれは自分が思ったことを口に出しただろうか。

いや、と胸のなかでかぶりを振る。絶対に口に出してはいない。そのことには確信があった。それなのにどうしてその少年は榊原の内心の疑問を読み取ることができたのだろう？

少年は榊原の視力の変化をあたかも自明のことであるかのように知っていた。榊原が口に出してもいない内心の疑問を完璧に読み取りもした。これらをよく説明しうる解答は一つしかないはずなのだ。それは——

その少年は、少年であって少年ではないということだ。少なくとも、ふつうの意味での「少年」ではない。

でも、それはどういうことなのか？　自分でそんなふうに考えていながらそれがどういうことなのかわからない。どうしてそんなことが可能になるのか信じられない。でもそうとでも考えなければ説明がつかない。

それを知りたければ自分の目で少年の姿を確かめるしかないだろう。

振り返ろうとしたがその首の動きが途中でとまってしまう。そのときスタジオ内のモニターが一斉に明るくなったからだ。――なにしろ時間の流れが極端にスローダウンしているために、いつもであれば一瞬で終わるはずの一挙措《いっきょそ》が、とてつもなく長い動作に感じられるのだ。

　そして、いかにもやっつけで作ったらしい――どこかで何度も聞いたような――安っぽい電子音がチャカチャカ派手に流れてきた。

　モニターの明かりを受けて反射的に壁の時計を見た。驚いた。まだスタジオの照明が落ちてから四分とたっていない。

　が、番組が中断しての四分は長い。もはや放送事故どころか事件の域に突入したといっていい。こういうときのために何重にもフェイルセーフ・システムが用意されているはずだが、どうしてそれらが作動しないのかはわからない。――いずれにせよ、こうなるともう誰かが始末書を書いたぐらいでは収まらないだろう。何人かの首がトレイに載せて差し出されることになる。榊原の首がそのなかに混じっていないことを望むばかりだ。

　要するに四分以上もの番組中断にＣＭが尽きたということだろう。さすがに十五秒、せいぜい三十秒のＣＭで番組をつなぐのには限界がある。苦しまぎれにアニメを流すことにしたのだろう。

　アニメなら二十分ちょっとは持つし、それだけで十分にワン・エピソードを放映することができるからだ。番組を途中でぶった切らなければならないような醜態《しゅうたい》だけは避けることができる。

　が、アニメなら何でもいい、というわけにはいかない。人気アニメ、カルトなアニメはいろいろと権利関係にさしさわりがあるだろうからだ。制作委員会には必ず大手広告代理店が噛んでいる。こういうときに穴埋めとして流すのには広告代理店から洟《はな》も引っかけられない、よほどマイナーで（カルトとも縁のない）誰にも知られていないアニメを選ばなければならない。そう檜垣は判断したのにちがいない。

──それにしても……

と榊原は感心せずにいられない。よくぞここまで、どこにも絶対的にさしさわりがなさそうなアニメを引っ張り出してくることができたものだ。リスク回避《かいひ》時に発揮される檜垣の手腕にはつくづく感心させられる。

榊原はおよそアニメに詳しい人間ではないが、そんな彼がひと目見ただけで、箸にも棒にもかからない大愚作だ、とわかるのだから、これはある意味、凄い作品と言っていいかもしれない。

キャラが悪い、アートが悪い、サウンドが悪い、シナリオが悪い、演出が悪い、テーマが悪い、すべてが悪い……文句なしの大愚作、どこをどう突いても失敗作の評価に揺るぎはなさそうな作品なのだ。

誰の記憶にも残らないまま、たぶん一本か二本だけ作られ、あまりの出来の悪さ、不人気ぶりに、制作側が恐れをなして、制作中止にしてしまった──これはそんなアニメであるらしい。

短い前奏が終わった。

そして画面の下に白抜きで小さくタイトルが映し出される。

クトゥルフ少女戦隊

タイトルが映し出されるのはほんの一瞬のことだ。すぐに消える。そして物語が始まるのだった……

第二章　クトゥルフ少女たち

1

子供部屋のようだ。

部屋の真ん中にはベビーベッド、そこかしこに赤ちゃんのおもちゃが置かれてある。壁紙はローズの花柄、レースのカーテンはピンク。天井にはゆるやかに回転するおもちゃのオルゴール、曲は「オーバー・ザ・レインボウ」か。何もかもがまるでお花畑のようにカラフルで可愛らしい。

ベビーベッドには産着《うぶぎ》にくるまれフードを被せられた赤ん坊が寝ている。かすかに寝息が聞こえている。

ベッドのまわりで四人の女性が赤ん坊を覗き込んでいる。

若いお母さん、メイド、ナース、眼鏡と白衣の女医の四人だ。

誰もが愛しくてならないといいたげな表情で赤ん坊を見ている。目を細め、微笑んでいる。

お母さんはオルゴールにあわせ「オーバー・ザ・レインボウ」を口ずさみ、メイドは思い出したようにガラガラを鳴らす。看護婦は赤ん坊の体温を測り、女医は赤ん坊のひたいに手を当てて熱を診たりしている。

見るからに平和そうで、泣きたくなるほどに美しい光景だ。

それなのにその光景の下、どこか不穏な空気が流れているように感じられるのはどうしてだろう。赤ん坊の安らかそうな寝息も、赤ん坊を優しく揺らしながらお母さんが歌う「オーバー・ザ・レインボウ」もわざとらしい欺瞞的なものに感じられるのはなぜなのか。

　そういえばお母さんが歌う「オーバー・ザ・レインボウ」はすこしおかしい。

　その歌詞はこうだ。

　どこか《サムホエア》辺獄の下《ダウン ザ リンボー》
　低く深いところに《ウェイ ダウン ディープ》地獄があるのね《ゼアズ ヘル》
　悲鳴で一度聞いたことがあるわ《アイ ハード オブ ワンス イン ナ スクリーム》

　そして悪夢《アンド ザ ナイトメア》
　あなたが心の底から逃げたいと願っているのに《ザッツ ユー ゼア ランウェイ》
　それが本当に来てしまうのよ《リーリー ドゥー カム トゥルー》

　歌は優しげな調子から、しだいに威嚇《いかく》的なものに変わっていく。最後にはほとんど脅かすような声音になってしまう。

　それにつれ、しだいに赤ん坊を揺らす速度が早まっていって、ついには高速度撮影のように凶暴なまでの速さになってしまう。これでは赤ん坊の首の骨が折れてしまうのではないか。

　とうとう赤ん坊が泣き出した。

　いや、そうではない。それは恐ろしげな咆吼《ほうこう》、凄《すさま》じいまでの呪詛の叫《おら》びだ。

　高らかに鳴りわたるトランペットのように空気を引き裂いた。ただし、このトランペットが奏でるのは地獄の調べだ。

　長々とつづいたそれは、壁を崩し、窓ガラスを砕いて、ついには部屋そのものを崩壊させてしまう。まるで爆発だ。

　四人の女性が後方に吹っ飛んだ。彼女たちのうえに天井が落ちてきた。もうもうと埃が舞いあがる。彼女たちの姿はかき消されてしまう。

　埃のなかから何かが飛び出してきた。その先端が天井に突き刺さる、それを鞭のようにビュンビュン左右に振る。

太い触手だ。ハエの肢《あし》に似ている。黒い剛毛《ごうもう》がびっしり密生している。しかもそれがぞわぞわと波うってうごめいているのだ。おぞましい。

天井が木っ端《こ　ぱ》微塵《みじん》に粉砕《ふんさい》された。そこから覗く空がモンスターの口腔《こうない》のように真っ赤だ。膿《うみ》のようにただれて滴《したた》った。

それが急速に量を増やして加速した。天井に空いた穴からシャワーのように降りそそいだ。

赤い血のヨダレだ。舞いあがる埃が血に染まった。血しぶきの霧のなかに触手がうねる。先端に白く覗いているのは牙だろうか。

その牙がぐわっと上下に開いてきらめいた。触手がうねって赤い霧の底に沈んでいった。

と、その霧のなかからあのメイドが飛び出してきたのだ。ショートヘアの髪が真っ赤だ。しかも髪に寝癖が残って、ピンと後ろに撥ねあがっている。

まるでワイヤーアクションのように高々と跳躍《ちょうやく》した。右手に長槍を持っている。穂先《ほさき》に赤いリボン。

それを追うように触手が天井部にスルスルのびた。少女はエプロンを左手で取り払う。それを闘牛士のケープのように使った。

エプロンに惑わされたのだろうか。触手はきわどく少女の体をかすめた。

少女は頭上に槍を旋回《せんかい》させる。すばやく触手に突き入れた。血しぶきが飛び散る。声にならない悲鳴が衝撃波のように赤い霧を震わせた。

少女が叫ぶ。

「例外少女ウユウ！」

槍を頭上に旋回《せんかい》させてピタリとポーズを決める。きれいに決まった。

その彼女の後ろからさらに高くナースが跳躍す

る。眼鏡のレンズが光った。すでにナースの衣装は脱ぎ捨てている。ポニーテイルの髪は紫だ。

手に大きな注射器を持っている。いや、それは注射器ではない。剣だ。柄の携帯ストラップがジャラジャラ鳴り響いた。

触手が宙にのたうつ。それを頭上から剣で両断した。

「限界少女ニラカ！」

両断された触手がそれでも少女たちを追おうとする。そのまえに女医が立ちはだかる。白衣を頭上に投げ捨てる。手首に白い包帯。栗色の髪をアップにしている。

するどい鞭《むち》を振るう。鞭は包帯に似ている。ただし、その先端が七色に分かれている。虹のように閃く。

小気味のいい音がバシッ、バシッ、と床に鳴り響く。触手はたまらず後退する。

「実存少女サヤキ！」

それでも触手は隙をうかがって反撃に移ろうとする。鞭をかわしながら徐々に前進していく。それにつれて先端の牙が大きく上方に反りかえる。弓の弦をきりきり引き絞るように。そして牙が放たれるのだ。鞭の少女に向かって。

赤い霧雨のなか閃光がひらめいた。たてつづけに銃声がとどろいた。牙は粉微塵に砕け散った。何と飛んできた牙を空中で迎撃したのだ。しかも一発も外さない。恐ろしいほどの射撃の腕だった。

霧のなかから躍り出たのはお母さんだ。いや、いまはもうお母さんではない。長い黒髪の少女だ。ピンクの眼帯。手に散弾銃の銃身を切断した銃を持っている。

短い銃身にアライグマのマスコット。いわゆるランドルフ銃のようだが（スティーブ・マックイーン『拳銃無宿』！）、オリジナルとは装弾数が桁違《けたちが》いに違うようだ。レバーを引きながら何発も連射した。それもすべて命中した。触手はバラバラに寸断されてしまう。

「究極少女マナミ！」

2

これで少女たちは四人。ミニスカート、ブーツ、胸のリボン。おそろい、色変わりの（セーラー服風の）戦闘ドレス。露出度が高い――いまとなっては陳腐きわまりない設定の、いわゆる戦闘美少女たちなのだった。

いきなり画面が変わる。どこともしれない円形ステージだ。後ろに宝塚レビューのような階段がある。スポットライトにミラーボール。色とりどりの花びらがヒラヒラ舞台に散るように落ちてきた。

そのなかを四人の美少女たちが静かに階段を下りてきた。それまでの戦闘シーンとはうって変わって、四人ながら憂《うれ》いに満ちた表情になっている。

それぞれ思い思いの階段ステージに立ち、静止ポーズを決める。――そこでバラード調の前奏が低く入ってきた。

究極少女マナミが動いた。

センターに入った。

ほかの三人はポーズを決めて静止したままだ。うつむきながら低い声で歌う。

なんて素敵なヘル・エポック
忘れられないヘル・エポック

そしてマナミがひとり囁くように歌いはじめる

のだ。

わたしたち友達になるの
コルク張りの部屋のなか
花咲く乙女たちのかげに
マドレーヌをいただいて
失われた未来をもとめて

ふいに他の三人の少女が右の拳を突き上げ声をあわせて叫んだ。

「絶対進化いたしましょう！」

「イエーイ！」

と四人——

激しいダンス・ビートに変わった。四人がジャンプするように踊り出す。見事なコンビネーション、鮮やかなステップだ。ステージ狭しと飛びまわる。

適応進化　フルくさーい
ダーウィン先生　まじめすぎ
漸進進化　マダるっこーい
ドーキンス先生　いばりすぎ
断続進化　ウソくさーい
グールド先生　はげしすぎ
創造進化　信じられなーい
原理主義者　あぶなすぎ
だから、ね、ね、わたしたち
何がなんでも　絶対進化
そうよ　だから　やっぱり

ウー　ワー　オー

絶対進化しましょうか
絶対進化しましょうか

それを見ているうちに榊原は頭のなかがクラクラしてきた。

凄まじいまでに派手な色彩《しきさい》の乱舞、チカチカめまぐるしい光の点滅、けたたましいサウンド・エフェクトの連続に感覚が急速にマヒしてくるのを覚えた。

たぶん、いまのおれはぼんやりと虚《うつ》ろな表情をしていることだろう、と思う。まるで、あまりにアニメを見すぎたために光に過敏に反応して発作を起こした子供のように。

アニメに吸収されて現実が消えてしまった。いったい自分が見ているものがアニメのオープニング・シーンなのか、それとも現実の光景なのかすらわからなくなってしまう。

残されたのは強烈なカオスだけだった。そこにはリアルでたしかなものなど何もない。何だか自分までもが少女たちと一緒にアニメのなかで踊っているような錯覚にかられるほどだ。

それに――いくら時間感覚がスローダウンしているといってもこれはあまりに極端すぎはしないだろうか。極端すぎるし、理屈にあわない。

榊原は背後の少年を見るために振り返ろうとした。それがスタジオのモニターが一斉にともったために、ほ、ん、の、一瞬、首の動きを中断させた。そして、また首を動かした。

理屈があわないというのはこのことだ。ほんの一瞬、首をとめたにしては、アニメの「クトゥルフ少女戦隊」があまりに長すぎたのではないだろうか。たんに時間感覚がスローダウンしたとするだけではどうにも説明がつかない。

が、あまり考えすぎないことだ。あれはすべて何かの錯覚だったと思うことにしよう。

榊原は首を動かした。とうとう最後まで振り返った。そして見る——

そこに一人の少年がいた。初めて見る少年なのに見覚えがあるという感覚がきわだって強い。不条理なまでに。この少年とはどこかで会ったことがある、という思いに執拗《しつよう》につきまとわれる。

が、見覚えがあるからといって、印象的ということにはならない、むしろ、その逆といっていい。

——これは誰だ？

その印象は平凡の一語に尽きる。まるでそこにいながらいないかのようだ。対する者に何の印象も残さない。妙な言い方だが、じつに非凡なまでに徹底して平凡なのだった。

ただ——その髪に一筋、銀髪が混じっているのが、妙に印象に残った——こんな少年を前にも見たことがある。いや、あれは少年ではなかった。あれは……

ふと以前、インタビューした「クール・ジャパン」の担《にな》い手と目される若いアーティストの言葉を思い出した。どうしてそんなことを思い出したのか自分でもわからない。

彼は日本文化を席巻《せっけん》するアニメ、ラノベに触れて、こんなことを言ったのだ。

「〈セカイ系〉はゼロ年代を経てゆるやかに終焉《しゅうえん》したかのように言われるけどさ。ぼくはそうは思わない。たしかに表層的には消費されつくされたかのように見えるかもしれないけど……じつは戦闘少女と無力少年とのコンビネーションには、はるかに深い意味が隠されてるようにも思うんだよ」

あれはどういう意味なんだろう。あの若者はあれで何を言いたかったんだろう。〈セカイ系〉って何だっけ？　それにどうして中年男のおれ──アニメからもラノベからもまるで縁遠いはずのおれ──がよりによっていまそんなことを思い出さなければならなかったのか……

──絶対不在少年マカミ……

どこからか声が聞こえてきたように感じた。アニメの画面からだろうか。それとも空耳か……そもそも絶対不在少年って何だ？　が、いまはそんなことを考えているべきときではないかもしれない。

その恐ろしいほどまでに平凡な少年が、アニメ画面のクトゥルフ少女たちと共に──オンチで不器用ながら──低い声で歌っている。テレビの少女たちの歌声と、そこにいる少年の歌声が、榊原の頭のなかで重なって、なにかクラクラするようだ。

「絶対進化しましょうか。絶対進化しましょうか」

そこにゴキブリが飛んできた。少年にぶつかろうとする。

──危ない、爆発する！

榊原が危うく声をあげそうになったとき、闇のなかからモップがのびてきて、そのゴキブリを見事にはたき落としたのだ。

ゴキブリは床に激突して小さく爆発した。

──モップ？　あの掃除のおばさんか。

一瞬、たしかに少年の背後の闇のなかを、あの老婆の姿がよぎったように見えた。

が、あらためて視線を凝らすと、もうそこにいるのはあの老婆ではなかった。その手に持っているのもモップではない。

そこにはあの赤毛の少女がいた。その手に持った長槍でゴキブリをはたき落としたのだ。

「例外少女ウユウ！」

3

ウユウの場合はこうだ。

ここは西武新宿駅のほど近くにあるパチンコ店だ。台数三百、まずは中規模程度の店といっていいだろう。

この日もいつものように朝九時に開店する。

そして、これもいつものように、それまで店の外で行列していた男女が一斉に店のなかになだれ込んでいく。

それぞれ好みの台に向かって走る。誰もがよく出る台を確保するのに必死だ。——パチンコに勝つか負けるかは、よく出る台を確保できるかどうか、ただ一点、それのみにかかっているからだ。

が、桂木憂優《かつらぎうゆう》は急がない。あせらない。列がとぎれ、客たちの姿が全員店のなかに消えてから、ゆっくりそのあとを追う。

七十を超えてからめっきり足腰が弱くなった。走るどころか、ときに歩くのさえおぼつかない始末だ。

だから桂木憂優はパチンコ店のなかをゆっくり、ゆっくり歩く。けっして急がない。——ときに後方から走ってくる若い男に、じゃまだ、どけ、婆ぁ、とののしられたり、突きとばされたりもするから、よほど用心しなければならないが。

桂木憂優には急がなければならない理由もないし、あせる必要もない。彼女が決まって打つ台はこの店でもとりわけ不人気な台だからだ。どうして撤去されないのかふしぎなほど誰もそのまえにすわらない。まるで店の片隅にひっそり置き去りにされたかのように。

それというのもそのパチンコ台はすでに忘れら

れた――いや、最初から誰にも注目されなかった――アニメとのタイアップ台だからだ、「クトゥルフ少女戦隊」、というのがそのアニメの題名だった。

題名を聞いたところで誰も、ああ、あれね、などと思い出したりはしないだろう。一般的な知名度に欠けるし、もとよりカルトな人気など望みうべくもない。

アニメとのタイアップはめずらしくないが――たとえば「エヴァンゲリオン」がある、「北斗の拳」がある――どうして、よりによって「クトゥルフ少女戦隊」のような不人気作品が選ばれたのか、いまとなっては誰にもわからない。謎としかいいようがない。

こんなパチンコ台がこの世に存在すること自体、なにか不条理に思われるほど、それほどまでに徹底的に世間から忘れ去られたアニメなのだった。

客の誰からも省《かえり》みられることのないそんな台であればこそ、当然、店のほうからもこれ以上はないほど冷遇されている。出玉率が極端に低く抑えられているのだ。

そんな物好きな人間はめったにいないだろうが、この「クトゥルフ少女戦隊」のパチンコ台のまえにすわって下手に深追いしようものなら、小銭の最後の一枚すら失ってしまう。ほとんど泥棒のような台といっていい。

しかるに桂木憂優は、このひと月あまり、この「クトゥルフ少女戦隊」にすわって、パチンコ玉を何箱も何箱も積み重ねる、めざましい戦果をあげているのだ。

「クトゥルフ少女戦隊」タイアップ・バージョンはほとんどジャンク台あつかいされている。そのジャンク台にすわって、しかもこの短時間で、これほどまでの大成果をあげるのは——出玉率が低く抑えられているのであればなおさらのこと——ほとんど不可能なことといっていい。

いや、いっそ「奇跡」と呼んだほうがいいかもしれない。リーチにつぐリーチ、大当たりにつぐ大当たり……クトゥルフ少女の「ミッションモード入ります」という声がとどろいて、デジタル音が響きわたる。

あとは狂ったように玉が出つづける。あっという間に二箱、三箱と積み重ねられる……実際、なにかトリックでも介在しないかぎり、絶対に起こりえないことなのだ。

桂木憂優にも、自分がその起こりえないことを起こしている、という自覚はある。だから、できるだけ人目につかないように振るまうだけの配慮はおこたらない。店の経営者の目にとまらないように自重する。監視カメラからも身を隠すように努める。

が、それにも限度がある。なにしろ彼女の髪は真っ赤なのだから。なにも染めているわけではない。生まれながらにそうなのだ。しかもクセ毛でいつも後頭部の髪が一筋ピンと逆立っている。それが非常に目立つのはわかっているから、いつもスカーフで隠す用心を忘れない。

が、どんなに用心し、警戒につとめたところで限界がある。——しょせん、そんなことが起こりえないパチンコ台で、大当たりを連続しているのだから、いずれ店側の注意を引くことになるのは避けられない。

そうなるまえに、別の店に移動するように心がけているのだが、新宿、大久保、高田馬場を探し歩いても、不人気な「クトゥルフ少女戦隊」のパチンコ台を置いている店は数えるほどしかない。

ダメだ、ダメだ、と思いながら、つい同じ店に通いつめてしまう。そしてトラブルにみまわれる……この日がそうだった。

夢中になってプレイしていて後ろに人が立ったのに気づかなかった。気づいたときには遅かった。

「お婆ちゃん、お楽しみのところ悪いけどさ。お孫さん、連れてきたでしょ。お孫さんから目を放しちゃダメよ」

ふいに肩に手を置かれた。柔らかに声をかけられる。ネコなで声。

「事務所のほうで保護させていただいてますよ。かわいいお子さんですね」

振り返るとそこにジャケット姿の中年男が立っていた。風船のように肥満している。ジャケットの背中がパンパンに膨れあがっている。

角刈り、襟《えり》に警備員のバッジをつけている。——口調もソフトだし、表情も穏やかだが、その目は笑っていない。切れ込みのように細いその目の底は氷河のように冷たい。

「わたしには孫なんか——」

いない、という言葉は喉の底で押しつぶされた。その瞬間、男の肩を掴んだ手に力がこめられたからだ。肩の腱筋《けんすじ》を引きちぎられるのではないか、と思われるほどの力だ。苦痛の声さえあげられないほどの凄まじい痛みが走った。

男はこういうことに慣れているようだ。まわりの人間に警備員と客との単純な会話と信じ込ませて、いささかも疑いを抱かせない。要するにただの警備員ではない。

男はあいかわらずにこやかな表情でこう言う。

「ご足労かけて申し訳ありません。ちょっとおいでいただけませんか。すぐに終わるからさ」

嘘だった。すぐには終わらなかったし、男にはそもそも最初から終わらせる気などなかった。

裏の駐車場に連れていかれた。車に乗せられた。

五分ほど走ったろうか。車は新大久保のラヴホテルの駐車場に入った。

「愛の船」と表示され、その下に「Ｌｏｖｅ Ｃｒａｆｔ」とある。

――ラヴクラフトか。

桂木憂優にもそれぐらいの英語は読める。頭のなかでそうつぶやいた。なにか意識の隅に妙に引っかかるものを覚えた。それが何だかはわからない。

「わたしを犯すつもりかい」車を降りながらそう尋ねた。

「おもしれえ冗談だ」男はおもしろくなさそうに言う。

部屋に連れ込まれたとたん、男の態度が一変した。ドアを閉めるなり、ふいに桂木憂優の膝の後ろに蹴りを入れたのだ。用心はしていたのだが、あまりに突然のことで逃げようがなかった。

「ひーっ」

悲鳴をあげて倒れ込んだ。膀胱《ぼうこう》がゆるんで小便が洩れる。歳をとると避けられないことだ。おムツ仕様の下着をつけているからどうにか醜態をさらすのはまぬがれた。が、そうでなければもっと屈辱感を味わうことになったろう。

「ひーっ、ひーっ」

悲鳴をあげつづけながら、這って逃げようとしたが、今度は尻を蹴飛ばされた。カエルのように床に這いつくばった。――目のまえにモップとバケツがあった。

事務所と監視所を兼ねた部屋のようだ。一方の壁にモニターが並んでいる。そこにはホテル内ばかりではなしに、さっきまで桂木憂優がいたパチンコ屋の店内までもがあまねく映し出されている。同じ経営ということか。

モニターのまえにすわっていた若い警備員が、

「年寄りに何すんだよ。やめろよ」

制止しようとしたが、それを男は一睨《ひとにら》みで、黙らせた。

「よけいな口出しすんじゃねーよ」と男が言う。

「いいから出てけ」

「だ、だって、こんな罪のない年寄りを」

「何でこの婆ぁが罪がないもんか」男はせせら笑う。「どうやってだか、この婆ぁはプログラムを書きかえやがったんだぜ。出玉率をめちゃくちゃにしちまいやがった。何であんなクソ台からあんなにジャンジャン玉が出るんだよ。おかしいじゃないか。しかも連日のことだぜ。ほかの店からも同じような報告が入ってきてる。すべて、この婆さんのしたことだとよ。こんなことがまかり通ったんじゃこの商売あがったりだ。見過ごせねえよ。それがおれの仕事だしさ。どうやったのか知りたいじゃないか。だろ。だから口出しすんじゃねえよ」

「で、でも」

「いいから出てけ」

ふいに男はテーブルから灰皿を取るとそれを壁に投げつけた。薄い鉄の灰皿だ。大きな音をたてて撥ね返った。いきなり切れる男だ。いつも穏やかな口調で話すだけになおさら恐ろしい。若い警備員はヒッというような声をあげて、急いで逃げ出していった。

そのあと男はドアを静かに閉める。鼻歌を歌っていた。——椅子に後ろ向きに跨るようにすわり、桂木憂優に、あんた何なんだよ、何者なわけ、と訊いた。また、もとの穏やかな口調に戻っている。

「どうやって出玉率のプログラムを書き替えたりしたんだよ。そんなことできるはずねーのによ」

が、桂木憂優はそれにすぐに答えようとはしなかった。まず呼吸を整えようとした。体の節々《ふしぶし》が

痛い。蹴られた尻が痛い。なにより洩らした小便で下半身が冷たい。歳をとるとはこういうことか。情けないと思うより先に、

――ざまはねーや。

自分を嗤《わら》う気持ちのほうが強かった。

急に気持ちがおさまった。自分でもふしぎなほど度胸《どきょう》がすわるのを覚えた。いつ死んでもいいや、と思っている。その気持ちがふてぶてしいまでによみがえる。

「兄《あん》ちゃん、一本もらっていいかい」四つん這いのまま、机まで這う。タバコの箱から一本を取り出し、くわえると、そこに置いてあった百円ライターで火をつける。美味そうに煙を吐き出し、そういうことか、とうなずいた。「わかったよ」

「何がよ。何がわかったんだよ」

男は桂木憂優が怯《おび》えていないことに驚いてはいないようだ。なにか妙に楽しそうだ。

「あんたが何者かってことがさ」桂木憂優が笑う。「根っからのパチンコ屋の人間じゃない。用心棒がわりに店に飼われてるチンピラでもなさそうだ。それにしては出玉率のことを気にしすぎだ」

「何だ、つまらねえ、そんなことか」男は首を振る。

「そうだよ。お察しのとおり、おれは警察からの再就職組だよ。プログラムそのものを書き替えられたんじゃ、この業界そのものが成りたたなくなってしまう。それじゃこの業界を天下り先にしてる警察も困る。基盤に細工をしたのか、それともプログラムにハッキングしたのか。あんたが何をしたのか知りたいじゃないか。知らなきゃなんないんだよ」

「そうかい。ただ、それだけのことかい。そうとばかりも思えないんだけどね」桂木憂優はタバコを吹かしながら、首を傾《かし》げると、「まあ、いいや。いいとしようか。それでつまりはこういうことか

い。どうやって出玉率を変えたのかそれを何としても知りたいって」

「ああ」男はうなずいた。「そういうことだ」

「そのまえにさ」桂木憂優が言う。「灰皿くれないか。そんなふうに乱暴に投げるもんじゃないよ。素人さんが怖がるじゃないか」

「あんたは素人《しろうと》じゃないってか」

「玄人《くろうと》さ」

「何の玄人だよ」

「いいからさ、灰皿ちょうだいな」桂木憂優は歌うように言う。

それを聞いて、男はちょっと首を傾げたが、すぐにうなずき、灰皿を床から拾う。

一瞬、桂木憂優はその手元を見つめる。力を込めた。腹がグルグル鳴った。また下痢してしまうのではないか。ま、いいや、どうせ婆ぁなんだから、いまさらどうでもいい……

男が灰皿をよこした。灰皿はカラカラ回転しながら床を滑る。そして桂木憂優のまえでピタリととまる。まるで床に張りついたかのようだ。揺れもしない。

桂木憂優は平然としてタバコの灰を灰皿に落とした。

「そうか」男がヒュッと口笛を吹いた。「マ、マ、マ、マグネトソームか」

4

それを聞いても桂木憂優には何の感慨も湧かない。そもそもマグネトソームが何なのか知らないからだ。

しかし、さすがにこの歳になると自分の「力」が何に由来するのか、それぐらいの知識はある。

ほとんどはテレビの健康バラエティ番組から学んだ知識だ。

人生に必要なことはすべて『ためしてガッテン』の立川志《し》の輔《すけ》から学んだ。だから正確ではないし、不正確のレベルまでも届いていないかもしれない。——だが、それで十分だ。不足はない。

桂木憂優が知るかぎり、彼女の力の源泉はこうだ。

人間のヒフや生殖器、口、とりわけ腸内には何兆もの細菌や微生物が巣くっているのだという。ヒトに固有の遺伝子の数は、二万から二万五〇〇〇ほどしかない。それに比して、体内細菌、微生物の遺伝子は三三〇万にも達するのだという。じつに百倍以上もの数になる。それらが巨大なネットワークを形成している。

その意味では、ヒトはヒトではなしに、すでに一つの環境であり、生態系でもあるのだ。こうした微生物の生態系は細菌叢《さいきんそう》、あるいはマイクロバイオームと呼ばれているらしい。

桂木憂優はもともと英語に弱い。歳をとって記憶力が衰えている、という自覚もある。だからこれをマイクがオウムを買《バイ》うと覚えることにした。

「マイクはわたしの男なのよ」

と——もちろん事実ではないし、そもそも桂木憂優に男なんかいたためしなどない。

どうにかマイクロバイオームという単語は記憶できても、それが現実にどういうものなのかよくわからない。ましてやそれが自分とどんなふうにかかわっているのか、まるで理解の外にある。

桂木憂優が理解できるのは——自分のヒフと腸との間の「コネクトーム」をありありと感じとることができるそのことだ。感じとるばかりではなく、ヒフ上のマイクロバイオームを見ることができる。真っ白な発光物が蠢いているのを視認できるのだ。

　つい最近まで桂木憂優はそれを異常なこととは思っていなかった。誰もがそうだと思い込んでいたのだ。

　フツウの人間は顕微鏡なしでは細胞や微生物を見ることはできない、などとは思っていなかった。ましてやマイクロバイオームの思考を読み取ることができないなどとは夢にも考えていなかった。

　腸の内壁には数億個のニューロンからなる「腸管神経系」があるのだという。この腸管神経系はじつに脳神経の千分の一のスケールを擁する。そのために「第二の脳」と呼ばれている。迷走神経系を介して脳と交感している。ヒトの気分とか感情に大きくかかわっているとされる。

　つまり腸管神経系は不断に考えているのだ。それを桂木憂優はもう一つの思考のように認識していた。

　とりわけヒフ上のマイクロバイオームと腸管神経系とはきわめて密に交感している。それはもううるさいほどに。ときに耳をふさぎたくなってしまうほどに。

　だから、フツウのヒトが腸管神経系の思考から切り離されているなどとは想像もしていなかった。

　桂木憂優はたんにマイクロバイオームを見て感じて、その「思考」を読み取ることができるだけではない。それをコントロールすることもできるのだ。

　パソコンのキーボード、あるいはパチンコのハンドルに手を触れる。すると桂木憂優のマイクロバイオームがそこに残る。

　ヒトは一人ひとり異なるマイクロバイオームを持っている。兄弟親子でさえ違う。確認したことはないが、たぶん双子でも違うだろう。

桂木憂優がそんなふうに考えたわけではないが、ヒトはそれぞれ自分の体に異なる生態系を擁しているわけなのだ。

だから桂木憂優はキーボード、あるいはパチンコのハンドルに残された自分のマイクロバイオームを判別することができる。そしてそれをコントロールすることができるのだ。

キーボードに付着した自分のマイクロバイオームを介してプログラムに侵入することができる。パチンコのハンドルに残されたマイクロバイオームから、出玉率プログラムを改変することができる。

が、それをハッキングなどという言葉で呼ぶのは正確ではない。コンピュータのプログラムに侵入するには少なくともプログラムの何たるかを知る必要があるからだ。彼女にその知識はない。

が、ヒトは視覚のメカニズムを知らなくても見ることはできる。むしろ、そのほうが桂木憂優の実情に即した言い方だろう。つまり彼女のそれはもっと生理的なもののようだ。

ようだ——というのは、ほとんど無意識のうちにやっていることで、自分が何か特別なことをしているという自覚がないからだ。

そもそもそれがほかの人間にはできないことだ、ということさえ最近まで気づいていなかった。

桂木憂優は概して無知であり、立川志の輔が教えてくれる以上のことは何も知らずにいる。だから男の、マグネトソームか、という言葉の意味も把握しきれずにいた。——男はそのことを彼女のポカンとした表情から敏感に読み取ったようだ。

「磁性細菌って知ってるか」と説明に取りかかった。「磁気を感知できる細菌のことだ。地磁気をコンパスのように感知できるマグネトソームという細胞内小器官《オルガネラ》を持っている。何とも風変わりな細菌だ。

　ところが、あんたのマイクロバイオームの生態系にはそのマグネトソームの進化型――仮にエレクトロソームとでも呼んでおこうか――を持った微生物が少なくとも百万のオーダーで棲息《せいそく》しているらしい。それもたんに磁気ではない。電磁気だ。電磁気を感知する――ばかりではなしにみずからもそれを発生させている。

　それでプログラムを生理的に書きかえる。そのメカニズムを説明してやってもいいがどうせおまえにはわからない。ただ、これだけは言っておこう。死んでいくおまえへのせめてものはなむけにな」

「おや、わたしは死ぬってか」桂木憂優はふてぶてしく笑う。そうしながらソッとモップを手元に引き寄せる。「ありがたいね、ちょうど自分にも世間にも愛想が尽きたところさ、どちらにも未練はない。もしかしたら兄ちゃんが親切に殺してくれるのかい」

　が、外見こそ、犀のようにツラの皮が厚く、何事にも動じないように見せているが、いま桂木憂優の内部は激しく動いていた。

　文字どおりの内部――腸内が。

　ゴロゴロと鳴って、腸が伸縮し、便意にも似た感覚がほとんど痛みのように下腹部を衝《つ》きあげてくる。ヤバイ！　反射的に尻をひねり、肛門の括《かつ》約筋《やくきん》を引き締める、
　だが、もちろん、それは錯覚でしかない。感覚の混乱にすぎない。何でそれが便意なんかであるものか。それは――

　腸管神経系が必死に考えているのだ。彼女のヒフ上のマイクロバイオームとあわただしく交感している。

それにともなってマイクロバイオームは、急速に何かを創造（あるいは想像と言ったほうがいいか）しつつあった。たしかにこの現実では桂木憂優という老婆がそこにいる。が、そのもう一つ下のレベル、微生物（マイクロメーター）サイズにおいては、桂木憂優の姿はすでに完全に溶解していた。

　そこに――寝癖のついた真っ赤な髪だけはそのままに――一人の剽悍《ひょうかん》な少女の姿が浮かびあがっていた。

　例外少女ウユウ。彼女が手にしているのはすでにモップではない。鋭い槍なのだ。

　が、それに気づいているのかいないのか、男は平然と言葉をつづけている。――いや、男の姿も（やはり微生物サイズで）何かに変貌しつつあった。何か――とてつもなく異常でグロテスクなものに。

「おまえのエレクトロソームがパチンコをフィーバーさせる程度におさまっているぶんには何の問題もないが、いずれそれではおさまらなくなってしまう。おまえはいずれわれわれのまえに立ちはだかることになる。おまえのエレクトロソームはレーダー機能を持つことになる。そして、われわれのステルス機能を打ち破ろうとするだろう。そうなるまえにわれわれはおまえを――」

　男は途中で言葉を切った。たぶん、最後まで言い終える必要がなかったのだろう。二人はすでに通常の人間界での言葉が必要とされる環境に身を置いてはいなかった。

　ある意味、マイクロバイオームのマイクロメートル環境は言語を必要としない。腸内神経系は言語を介在させずにヒフや口腔内のマイクロバイオームと交感しあっているからだ。それに――

　そもそも殺しあうのに言葉は要らない。殺しあう、という行為それ自体がすでに十分すぎるほど饒舌《じょうぜつ》だからだ。ほかに何も説明の要はない。

いまや二人を包む緊迫感は打ち消しようがないまでに高まっていた。何か、それものっぴきならないまでの何かが、異様な緊張を孕《はら》んで、ぎりぎり極限まで引き絞られようとしていたのだ。

何かが——時間が。

細菌、微生物の属する体長単位は十のマイナス六乗メートルまで縮小される。マイクロメートルだ。

当然、時間単位もそこまで凝縮されることになる。ミリ秒、十のマイナス三乗・秒にまで。

すでに桂木憂優とパチンコ店の警備の男は、空間が入れかわり、時間が凝縮する特異的空間に消え去ろうとしていた。

いま、そこに表現されようとしているのはもう人間ではない。

クトゥルフ少女表現型と、飛翔型バイソラックス表現型が現れようとしている。

5

当然、このときには彼らの生理時間もミリ秒にまでチューンナップされている。

ミリ秒にまで……

いや、そうではない。マイクロバイオーム環境における内部時間は「モエ」または「チャーム」という単位であらわされる。

一モエが彼らの主観時間においては一秒として実感される。人間サイズの外部環境の実時間にして一ミリ秒に相当する。

内部時間一キロモエが主観時間にして十五分、実時間にして一秒に当たる。

内部時間・百キロモエ、主観時間・二十五時間、実時間、一分四十秒——

したがって、彼らがマイクロバイオーム環境に表現された後、どんなに慌ただしく活動していようと、実環境における二人はほとんど静止しているようにしか見えない。あまりに極端にマイクロメートル環境と実環境との時間単位が違いすぎるからだ。

だが、この二つの環境の最大の相違点はそんなことにはない。なによりの違いは、マイクロバイオーム環境においては、進化圧をありありと肌に感じとることができるそのことなのだ。

まるで雨に打たれるように、あるいは風に吹かれるように——それを肌身にまざまざと実感することができるのだ。

進化圧とは何か？　それは進化に対してどのように働きかけるのか。マイクロバイオーム環境におけるモエ——萌え——表現型にはどのように作用するのか。

あいにく桂木憂優には——それがたとえマイクロバイオーム環境に表現される例外少女ウユウであっても——それを的確に言いあらわせるだけの語彙の持ちあわせがない。

また、このマイクロバイオーム環境における進化に対して、クトゥルフ少女たちがどのように寄与するのか、あるいは敵対することになるのかも、いまはまだわからない。

ただクトゥルフ少女たちは、いわばクトゥルフの巫女であり、様々な特殊能力を持つ。

たとえば例外少女ウユウが持つ電磁気《エレクトロ》に対する感作《ソーム》能力などその最たるものだろう。

つまり——

クトゥルフ少女たちはその特殊能力のかぎりにおいて、アニメの魔法少女と何ら変わりない存在といっていい。

どうしてマイクロバイオーム環境の表現型生命体がアニメのキャラを模倣《もほう》したりするのだろう。それとも逆にアニメのキャラ設定がマイクロバイオーム環境から影響を受けていると理解すべきなのだろうか。

それはたぶん、いまの桂木憂優がどんなに考えたところで、とうてい理解がおよばないことにちがいない。彼女には決定的に知識と理解力が欠けているからだ。

何も疑わないし、何も考えようとしない。ただ事実を事実としてすべてあるがままに受け入れる。今回もそうだ、——このとき起こったのはこういうことだ。

桂木憂優が灰皿にタバコを押しつけたときには瞬時に時間の凝縮が始まっていた。秒からモエ(ミリ)秒へと時間単位が一気に凝縮したのだった。

まるで時間が急降下するように。

一瞬のうちに実環境・表現型の桂木憂優が、マイクロバイオーム環境・表現型のクトゥルフ少女に変身した。

アニメさながらの魔法少女、例外少女ウユウに。

——そう、魔法少女なればこそ、こんなこともできるのだろう。

実環境が消えそうになるまぎわ——

瞬《まばた》きする間にも満たない、ほんのつかのまの空、、、、間に声が残響した。

「だからあんたたちはわたしを」とその声はせせら笑って、「どうしようというんだ。殺そうというのかい」消えた。そして——

いきなり始まった。

ふいに灰皿が浮かぶ。

高速で回転しながら飛んだ。

キーン、という唸《うな》りが響きわたる。

まるでギロチンのように鋭い殺傷力を感じさせた。

その灰皿の飛ぶ先に――

男の姿があった、
だが、男はあわてなかった。あせらなかった。

後ろざまに飛んだ。どこまでも飛んだ。

男が飛びすさるにつれて部屋がひろがっていくかのように感じられた。壁が無限に後退していくかのように。

が、そうではなかった。部屋が拡張されるのではない。男、それにウユウが無限に収縮されていくのだ。

すでに部屋はマイクロバイオーム環境に融解《ゆうかい》していた。

パッ、パッ、と光が点滅する。

そこかしこ光の塊がうごめいていた。

カラフルにスペクトル分光されていた。

雲のように奔《はし》っていた。

霧のように滲《にじ》んでいた。

湖のようにひろがった。

樹氷のように結晶した。

溶岩のように灼熱《しゃくねつ》した。

これがすべて細菌叢《マイクロバイオーム》なのだ。生きている。

実世界からはとうてい想像がつかないほど巨大な生態圏がそこに累積されていた。

そのマイクロバイオームの（マイクロメートルの）生態圏のなかにあって灰皿だけがもとのままの大きさを保っていた。

いまやそれはまるでUFOのように圧倒的な量感のなかにあった。超高速回転しながら男をどこまでも追った。

回転音《ピッチ・アクセント》が変わる。

キーン、という高速音が突き刺さるように響き渡る。

そして――

ふいに灰皿が高度を下げたのだ。

とてつもない勢いで加速した。

その軌道の先に男の姿があった。もう逃げる余裕はない。どんなに男の動きが敏捷《びんしょう》でも無理だ。

いまや男の体はマイクロメートル・サイズにまで縮んでいた。実世界環境の表現型からマイクロバイオーム環境の表現型へと完璧に適応した。

が、灰皿の大きさだけは変わらないのだ。その重量比は超絶的なまでに違いすぎる。このままでは男は超高速回転する灰皿に挽《ひ》き肉のようにされてしまうだろう。

灰皿が男に激突した。凄まじい鋼の音が鳴り響いた。

が、男の体が引き裂かれることはなかった。その逆に灰皿のほうが挑ね返されて破壊されたのだ。まるでガラスのように粉々に。それらの破片が弾き返されて拡散した。

むろん、男のほうもまったくの無傷というわけにはいかない。着ているものがズタズタに引きちぎられた。ほとんど原型を残さないまでに。

そして、その下からあらわにさらけ出されたのは――

むろん人間の体ではない。鋳造《ちゅうぞう》された仏像か、中世の甲冑《かっちゅう》を連想させた。そうでなければ装甲駆動型のコンバット・スーツを装着した（アニメの）兵士か。

全身が恐ろしいまでにギラギラ黒光りしていた。関節部、胸部、腹部、頸部などの急所部分がとりわけ重装甲され、ぶ厚く盛り上がっていた。

――まるでボディビルダーのワールドチャンピオンでもあるかのように、とでも言おうか。

たぶん、実世界環境からマイクロバイオーム環境まで、メートルからマイクロメートルまで――

十のマイナス六乗のオーダーまでを――一気に駆け下りて、しかし質量はそのまま不変に保っているのにちがいない。

どんなものもこの男の体を破壊することなどできそうにない。じつに想像を絶する超高密度の体を実現させたのだから。

ある意味、トリケラトプスや、犀《さい》のような、筋肉装甲タイプの生き物の最極致といえるかもしれない。その機能美、男性美は惚れぼれするほど魅力的だ。

しかし、これほど超高密度ボディを持つ生き物が一Gの重力圏内で生存することが可能なのか。動きまわるのはおろか、ただそこにいるだけでペシャンコに押しつぶされてしまうのではないか……いや、それにしては、男はあまりにも平然としすぎているようではあるが。

「ヒエーッ」

さすがにウユウは灰皿が粉々に破壊されたのには驚かされた。が、ただ驚いたわけではない。それより先に体が勝手に動いていた。

何をしたのかの自覚はない。

ヒトがそうと意識せずにバイクで曲がるときに体を傾けるようなものだ。

無意識のうちに体が勝手に反応していた。

彼女の体表、体内に生態している、マイクロバイオームは――桂木憂優がそれに触れたのだからーー灰皿に付着したマイクロバイオームに共通している。そのいずれにも万のオーダーでエレクトロソームが生息している。それらを活性化させたのだった。

と、同時に、とっさにかがみ込んで、床に右の手のひらを押し当てた。マイクロバイオーム生態圏の一部を床に付着させたのだ。ウユウの体、それに床のエレクトロソームを同時に活性化した。

彼女の体がカタパルトから放たれた石のように飛び上がる。

磁気浮上だ。

しかも、その方向を自在に変えることができる。粉々に破壊されて流星群のように飛んでくる灰皿の破片に向かってしゃにむに突っ込んでいった。

6

灰皿破片群と自分との間で——エレクトロソームではなしに——マグネトソームを活性化させ、強力な磁気を発生させた。

磁場の逆転に灰皿破片群が一斉に反転した。実世界環境では力学的にありえない動きだが、ここはマイクロバイオーム環境だ。実世界環境の物理常識は通用しない。

灰皿破片群は大編隊飛行のように同時に高度を下げた。

そして、机——光学顕微鏡精度の視野のなかではそれはまるで荒野のように広大に見えるのだが——のうえに置かれてあったコップを微塵に砕いた。

水が機雷爆発するように高々と噴き上がった。そこに灰皿破片群が突っ込んでいった。噴き上がった水が瀑布《ばくふ》のように降りそそいだ。水蒸気がたちのぼる。

灰皿破片から放電した。コロナのように渦を巻いた。ミリ秒に時間凝縮されたなかでダンスのように優雅に舞う。

放電が男の体をとらえた。どんなものもこの高電圧のコロナにさらされたのでは無事には済まない。骨も残らないまでにコンガリ焼かれてしまうはずだった。事実、男はトーチのように頭から炎をあげて燃えさかっていた。

悲鳴をあげようとした。

助けを求めるように両手をあげようともした。

しかし、声をあげることも、両手をあげることもできなかった。

消し炭のように男の体が崩れ落ちた。

真っ黒の灰になって舞いあがった。

ウユウが勝ったのだ。

しかし、ウユウはヒタと視線を据えたままだ。

その炎の向こうに何かを見据えようとしていた。——しかし、何を?

男の死体がすべて灰になって舞い散った。

ところが、その向こうに、もう一人、男の姿があったのだ。

炎はあいかわらずの高熱のはずだ。しかし、その高熱は、いささかも、その男の体を損じることができないようだ。

それは、なぜか?

それは——その体が完全絶縁されているからだ。放電コロナのなかに浮かび上がりながら男は笑っている。

「あんた、誰だい」

そう尋ねたウユウの声はかすれていた。

飛翔型バイソラックス表現型のなかには、極端に戦闘に特化した種類がいると聞いたことがある。バイソラックスの特殊戦闘員《コマンド》タイプだ。

これらコマンド・タイプには、どんなに戦闘に特化したゴキブリであっても、それが標準種ゴキブリであるかぎりは、絶対に太刀打ちできないのだという。クトゥルフ少女もまた戦闘系に特化した魔法少女であるが、やはりコマンド・モデルと互角にわたりあうのは難しいにちがいない。少なくとも単独では不可能だ。

それに――この男はコマンド特化タイプのなかでもとりわけ手ごわそうなのだ。どこか人間離れ、いやゴキブリ離れしている。

そういえば、以前、こんなふうに自分の体を超高密度に質量凝縮させるバイソラックスの話を聞いたことがあった。たしか、その名は、そう――だ。

「ヨハネ！」

その声には絶望の響きが混じってはいなかったろうか。自分にはとうてい太刀打ちできない強敵とあいまみえてしまったという絶望感が。

ヨハネはじつに特別だった。これまで、ウユウが戦っていた、一山いくらの粗野な戦闘型とはまるでレベルがちがう。装甲車のように外殻を何層にも重ねながらその姿形はふしぎなまでに優美なのだ。

その頭部はフルフェイス型のヘルメットに酷似しているが――肩部の触覚が装備一体型の無線アンテナを連想させる――顔部分だけは装甲に覆われていない。

それが人間の顔と似ているのはたんなる偶然からではない。ある種の人間と、ある種のゴキブリとでは（ある種のマウスもだが）その体表・体内マイクロバイオームのＤＮＡが極端に共通している。

細胞小器管《オルガネラ》にいたってはほぼ完全に一致している。じつに互換可能なほどに。

だから、バイソラックスと人間の顔とが非常に似かよっているのはある種の平行進化といっていい。種のバリアを破って遺伝表現型が共通する。事実、人体の骨格とゴキブリの体節には不気味なほどに類似点が多い。

だが、ヨハネの顔に表れた、ある種の精神性まで、たんなる平行進化の結果と決めつけてしまっていいものだろうか。偶然の結果からにせよ、平行進化によって、これほどまでに精緻《せいち》な造形の妙がほどこされることが可能なものか。

そこにはまぎれもなく崇高《すうこう》な精神性が——そう、魂が——刻印されているように感じられる。まるで聖者のように。

その聖者が静かに笑う。

「わたしにエレクトロソームは通用しない」

わずかに体を前傾《ぜんけい》させた。と——

その両方の肩甲骨《けんこうこつ》が突き上がった。見るまに天空へと上昇していった。まるで二本の尖塔《せんとう》のように。

バサッ、という音とともに開いた。

大帆船《だいはんせん》の帆を連想させるような翼だ。

通常のゴキブリはもちろん、飛翔《ひしょう》に特化したバイソラックスでさえもこれほど大きな翼は持ちあわせていないだろう。

比較の対象にもならない大きさだ。——羽ばたいた。

どんなに大きかろうと翼だけでは〈超質量凝縮型〉のヨハネを浮揚《ふよう》させることはできないはずだ。このマイクロバイオーム環境にあっても重力は実世界環境と同じように働くはずだからだ。

そもそも立っていられること自体、いや、そうやって原型を保っていられること自体、不思議でもあり、不可能なことでもあったろう。

重力の責め苦は過酷《かこく》で容赦がない。どんなものもそれから逃がれることを許さない。重力から逃がれることなどありえない。

が、まさに、そのありえないことが起こったのだった。

ヨハネの体が浮かんだ。

ガクンと何かに引っぱられるように急上昇した。

その翼がふわりと膨らんでさらにひろがった。

ヨハネの翼は他のバイソラックス種など比較にならないほど強靭《きょうじん》にできているようだ。それでいて、ほとんど常識では考えられないほど、薄くて、軽い。——実世界の生物界で、これと似た素材を探すなら、まず筆頭にあげられるべきはクモの巣かもしれない。

クモのネットは、走っている新幹線をとめられるほど頑丈だといわれている。が、それでさえもヨハネの翼ほどには薄くもなければ軽くもないだろう。

おそらくヨハネの翼はナノ（10^{-9}）メーター単位の薄さでできている。分子が横に並んでいるほどの厚みしかない

実世界環境の生物界にはこうまで薄い素材はないはずだ。

その超絶的なまでに薄くて軽くて強い翼が視野を覆わんばかりにひろがった。

印象としては、翼というより、むしろパラセーリングのパラシュートを連想させる、と言ったほうがいいかもしれない。

その翼の下部・支点にあってヨハネの体は錘《おもり》のように黒く小さかった。

が、その小さなヨハネの体がみるみる急上昇してきたのだ。

実時間はほとんど経過していない。数モエ秒——まだ反転した灰皿破片群は宙を飛翔している。

そして、その灰皿破片群のなかにヨハネの姿もあったのだ。

ヨハネはウユウに向かって右手をのばしている。親指を前部に伏せて、人さし指をピンと伸ばし、残り三本の指を曲げて強く握りしめている。子供が指鉄砲で遊んででもいるように。ただしヨ

ハネは子供ではないし、それもまた指鉄砲なんかであるはずがない。

バイソラックスはゴキブリの進化種だ。

ゴキブリの体表はヘプタコサジエンという光沢物質に覆われている。

バイソラックスにあっては、それが燃焼性の高い化学物質に変わっているのだった。

バイソラックスはときにそれを爆弾のように使い、ときにハンド・ガンの発射薬のようにして使う。体の素材をなすキチン質、あるいはタンパク質を分泌させて、爆発物の容器《コンテナ》や、薬莢《ケース》、弾丸《ブレット》などを形成するのだ。

バイソラックスにあっては他者（ヒト、あるいは通常のゴキブリ種）を攻撃するのに武器の必要などない。彼ら自身の体がすでにして武器なのだから。いや、正確には武器工場そのものなのだから。


その武器がいまウユウに向けられている。見ると、その指腹に深々と銃口が抉《えぐ》られているのがわかる。内腔《ないこう》に螺旋《ライフルマーク》が刻まれているのまでがはっきり見えるのだ。

ヨハネの姿がウユウの視野に急速に大きく迫ってくる。その表情はあいかわらず深い精神性を刻んで崇高でさえあるが——ウユウに向けられた手はいまにも引き金を引きそうに白くこわばっていた。

——いけない、撃たれる！

反射的にウユウは肩のうえに槍をかざした。

が、それを投げたところで、ヨハネのハンド・ガンにはかなわない……

しかし、投げるしかない。いまのウユウには、槍以外、武器とすべきものは何もないからだ。ほかに選択肢はない。

「上等じゃねーか、やったろうじゃねーか」

真っ赤な髪を振り乱しながら、吼える。

けれども、これは多分に虚勢《きょせい》というべきものだった。心の奥底では、自分一人ではとうていヨハネに太刀打ちできないことが痛いほどにわかっていた。

――あれっ、わたしには仲間がいたんじゃなかったっけ。あの子たちはどこ行っちゃったんだろ？

限界少女ニラカ……実存少女サヤキ……そして究極少女マナミ……

電光掲示板に流れるニュースのように彼女の頭のなかを一連の名前が滑らかによぎっていった。懐かしい、というほどではないが、何がなし既視《きし》感《かん》のようなものはある。ぼんやりと、ではあるが。

けれども、それらの名前が、それ以上、何か特別の意味を持つことはない。要するに、いまのウユウにとって、それらはたんなる言葉の羅列《られつ》にすぎなかった。

彼女たちがどこの誰なのかもわからないし――自分と同じクトゥルフ少女であるらしいことはどうにかわかるのだが――それら限界とか、実存とか、究極、などといった形容詞が何を指しているのかもわからない。

いや、わからないといえば……そもそも自分がどこの誰かさえよくわからないのだ。

何で自分がゴキブリ超越種のバイソラックスと戦っているのかも理解できずにいる。

実世界環境での桂木憂優という老女は、それなりにアイデンティティを持っている。それが実世界環境における自分なのだという認識に揺らぎはない。

だが、マイクロバイオーム環境での例外少女ウユウに関しては、アイデンティティなど皆無といっていい。自分でありながら自分ではないという違和感に終始つきまとわれているのだ。

それはそうだろう。

そもそもクトゥルフ少女たちはアニメ『クトゥルフ少女戦隊』の登場キャラなのだ。どうしたら自分をアニメのキャラなどと同一視することができるのか。

そんなことは不可能だし、あまりに不条理なことでもあるだろう。何がどうしたって自分がアニメの登場人物だなどという事実を受け入れられようはずがない。

が、自分一人ではヨハネに勝てないことがわかっていようと、例外少女ウユウにアイデンティティを持てなかろうが、とにかくいまはひたすら戦いつづけるほかはない。

なにしろ、いまは、待ったなし、のぎりぎり土《ど》壇場《たんば》の状況なのだからして——

「ハッ！」

右手で槍を頭上にかざし、左の掌《てのひら》をひろげて床に向ける。

床にはウユウが付着させたマイクロバイオームが残されている。もちろん、彼女の左手にもマイクロバイオーム生態圏がある。

両方のマイクロバイオームに含まれたマグネトソームを発動した。双方の磁力を最大限に反発させたのだ。

まるでロケットが打ち上げられるようにウユウの体が磁気浮上する。とっさに体を反転させ、壁に左手を突いた。壁にもマイクロバイオームが残される。これで三点操作の磁気浮上が可能になった。

ときに垂直上昇し、ときに壁に横向きに着地し、そのまま壁を疾駆《しっく》する。ウユウの体はジグザグに進路を変えた。

ウユウとしては可能なかぎりヨハネの視覚を錯

乱させたつもりだ。

が、ゴキブリの――それもバイソラックスなどという超越種の――動体視力がどの程度のものか、事前にそんな知識などあろうはずはない。

そんなことでヨハネの視覚を錯乱させることができると考えたこと自体、予測が甘かったのかもしれない。

なにしろヨハネは、ゴキブリの飛翔タイプ超越種バイソラックスの、そのまたさらに超越体の「預言者」であるのだから。

最初から、たかの知れたクトゥルフ少女の小賢しい知恵など通用するような相手ではなかったかもしれない。

しかし、いまさらもう後戻りはできない。すでに戦闘は開始されてしまったのだ。

ヨハネの視覚を錯乱させたものと信じて、行き着くところまで行くしかない。リーチに賭けるほかはない。

とっさに槍の穂先に触れたのは何か予感のようなものが働いたからかもしれない。

穂にマイクロバイオームを付着させた。そして――

「うりゃ！」

槍を投げたのだ。

が、ヨハネのほうも、ただそれを黙視していたわけではない。

ウユウが槍を投げるのと同時に、ヨハネの人さし指が一気に何倍にも膨れあがったのだ。奇形的なまでに肉厚の、大口径の銃口を連想させた。

それを撃った。銃火が閃いた。

ウユウの視力は光学顕微鏡なみの分解能力を持っている。

その時間感覚もマイクロ秒オーダーへとアジャストされている。

つまりウユウは発射された弾の弾道を視認することができるのだ。

ウユウに銃器の知識はない。だから、おびただしい弾が同時に発射されるのを見ても、それが散弾銃を擬したものだということはわからない。

ただ、わかるのは投網のように自分に向かってひろがってくる何十発もの弾を、すべて避けきるのはできないということだ。ヨハネの視覚を錯乱させようとしたウユウの試みはすべて徒労《とろう》に終わったということだ。

——ああ、いけない！

が、後悔するより先に、クトゥルフ少女の本能が働いた。

両手のマイクロバイオームを賦活したのだ。

エレクトロソームを励起《れいき》させる。

それらの電磁力線を槍のマイクロバイオームまで伸ばした。

電束密度を可能なかぎり高いものにする。

穂先を磁場励起させた。

要するに穂に弾を集中させようとした。

それらの弾がヨハネの体表から分泌《ぶんぴ》されたキチン質成分から作られていることは百も承知していたが、そこには鉄分も含有されているのではないか、とわずかに望みをつないだ。

磁化された穂がそれらの弾を吸い寄せてくれるのではないか。

弾が一斉に弾道を変えた。まるで目に見えない指にねじ曲げられでもしたようにグニャリと弾道が曲がったのだ。槍の穂先に集中した。

——やった！

やはり弾丸は鉄成分を含んでいたのだ。

そのことにウユウは狂喜した。

が、それもつかのまのことだった。

集中した弾丸に槍の穂先がガラス細工のように

微塵に砕け散ったのだ。もちろん、それはウユウもある程度は予想していたことだった。だが、そのことで弾丸の勢いも大幅に失われるはずだ、とも予想していた。

　穂を砕くことで勢いを削がれ、弾がぶつかりあうことでさらに勢いを削がれる……

　その結果、弾はウユウまで届かないのではないだろうか、と。

　よしんば届いたとしても、そのときには殺傷力が大幅に失われているのではないか、と。

　しかし、そうではなかった。弾たちは、槍の穂先を粉々に砕くと、一転して、それぞれの弾道をひろげたのだ。物理的にはありえないことだが、さらに勢いを増しさえしたようだ。

　それを見ながら、悲鳴さえあげなかったのは、ウユウの思考力がマヒしてしまったからにちがいない。ヨハネのあまりといえばあまりに超絶的な力にほとんど気死してしまっていた。

　たしかにウユウは、マイクロバイオームに含まれるエレクトロソームをコントロールすることができる。が、それが何だというのだろう。そんなものはヨハネの能力とは比較の対象にもならない。

　こともあろうにヨハネはマイクロバイオームに含有された微生物、細菌のＤＮＡ塩基配列そのものを変えてしまうようなのだ。あるいはそのエピジェネティックな状態を変化させてしまう。

　弾丸を成型したのはキチン質ではなしに、なにか未知の成分であるらしい。ウユウには想像もつかない性質を帯びていた。

　つまり、ヨハネは石をパンに変えることができるわけなのだろう。まさに奇跡を実現させようとしていた。

　そして、実世界環境であろうと、マイクロバイオーム環境であろうと、この世に奇跡ほどはた迷惑なものはないのだ。奇跡はどんな生命体もぜんぶからめ捕ってしまうからだ。奇跡から逃がれるすべはない。

——ヒエーッ！

ウユウはジタバタした。

いままさに数えきれないほどの弾丸が自分に撃ち込まれようとしている。なまじ光学顕微鏡なみの分解視力、マイクロ秒適応の時間能力に恵まれているだけに、自分に突き刺さろうとしている弾丸の動きをちくいち観察することができる。ヒサンだ。

それなのに逃げることができない。あまりに弾が速すぎるし、弾幕がひろがりすぎてもいるからだ。

要するに、絞首刑《こうしゅけい》にされようとしている人間が、自分の首を絞めようとしている縄の動きを、一秒一万コマのスーパースローモーションで見ているようなものだ。

ウユウならずともジタバタせずにはいられないだろう。が、何をどうあがいてもムダだった。この弾の雨から逃がれるすべはない。穴だらけにされるほかはなかった。

そのはずだったのだが——

どうして、そんなことを思いついたのか自分でもわからない。いや、おそらく思いついたのではないだろう。ほとんど無意識のうちにやったことだった。

それまで拡散するままにまかせていた穂先の破片の間に電磁力線のネットをかけたのだった。相互にプラスとマイナスの磁力をかけた。破片がそれぞれにドライブとブレーキをかけられ、あるいは引き寄せられ、あるいは反発しあった。

そして、それらが円錐形《えんすいけい》のかたちに集合した。

その穂先はヨハネを向いている。一直線に飛んだ。

いかに重装甲体のヨハネであろうとそんなものに差し貫かれたのでは無事では済まないだろう。当然、避けた。避けるために何をしたのかはわからない。

たぶん、とっさにマイクロバイオーム環境から実世界環境にカードを切ったのにちがいない。どうすればそんなことが可能になるのかわからないが、強引に実世界環境に世界を反転させたのだ。そこに緊急避難した。

あまりにそれが強引すぎたからだろう。いわば渦巻きに引き込まれるように、ウユウも実世界環境に吸い寄せられてしまった。

結果として、弾丸の雨を回避できたのだから文句を言えた義理ではないが。――むしろ、感謝したいぐらいだ。

しかし、それにしてもすべてがあまりに急に運びすぎた。あまりにも唐突に、例外少女ウユウから桂木憂優に、ただの老婆にと戻ってしまった。

マイクロバイオーム環境から実世界環境へと引き戻される。時間認識能力がミリ秒から秒に、視力分解能が百万分の一メートルから一万分の一メートルに一気に引き戻された。

――自分はこんなところで何やってんだろう。

桂木憂優に戻って、まず最初に思った疑問はそのことだ。

そして、それをきっかけにして、堰《せき》を切ったように、おびただしい疑問がドッとあふれ出したのだ。

バイソラックスって何だよ？　マイクロバイオーム環境って何のことだよ？　どうしてあのヨハネとかいうゴキブリ変種はおれを狙ってなんかいるわけ？　そもそも、おれって誰なんだよ？

何者？　何で七十過ぎた婆ぁのおれがこんなふう

にミニ穿《は》いて頑張っちゃってるわけ？　が、意外なことに、なにより桂木憂優を悩ませた疑問は――

――どうして、おれはあんなふうに必死こいてパチンコなんかやってたんだろう？

というそのことなのだった。

7

いつのまにか、あの部屋に戻っていた。ラブホテルの部屋とパチンコ店内をモニターするディスプレイが並んでいるあの部屋に――

すでに、あの用心棒まがいの男の姿はどこにもなかった。

部屋は暴風に吹き込まれたように破壊されていて、ほとんど原型をとどめていなかった。モニターが無傷のまま残されているのがほとんど奇跡のようだ。

そのモニターの一つに有名人が映っていた。ワイドショーのキャスターをしている男で、たしか名前は――そう、榊原とかいったはずだ。

榊原のような男が新宿のラブホテルに出入りするのは、いかにも不用意に思われるが、そもそも隠しカメラの存在に気がついていないようなのだから、それもやむをえないかもしれない。

榊原はいましもラヴホテルを出ようとしているところだった。非常に不機嫌な様子だった。――どうして榊原のあとを追う気になったのかはわからない。なにか桂木憂優の気持ちに引っかかるものがあったからだとしか言いようがない。それが何だかはわからなかったし、どうして部屋を出るとき、とっさににモップを掴んだのかもわからない。無意識のうちに――ウユウの――槍がわりを必要としたからだろうか。

テレビ局まで追跡した。ラヴホテルの入り口で一度、テレビ局のトイレで一度――ガードマンが近づいてくるのを見て男子トイレに逃げ込んでしまったのだ――うかつにも榊原と接近遭遇することとなった。

榊原はそんな桂木憂優のことを不審に思ったかもしれないが、そんなことを言えば、榊原の様子のほうがよほど不審だった。

下水の蓋をジッと見つめたり、せっかく停まったタクシーをやり過ごしたり、説明のつかない行為が多かった。

桂木憂優はますます榊原に興味を引かれるのを覚えた。なにか妙に離れがたいものを覚えた。

どうにか本番中のスタジオに潜り込んだ。モップを手にしているために清掃作業員と思われたのかもしれない。

本番前――スタジオでは誰もが忙しげに動きまわっている。

自分とは何のかかわりもない人たち、これからも永遠にかかわりがないであろう人たち……

桂木憂優はなにか急に孤独感を覚えた。孤独感、それにタバコを吸いたいという強い欲求……

けれどもあいにくタバコが切れていた。舌打ちした。厄介なことになった。いまはもうコンビニでも行かないかぎりタバコは買えない。どこでもタバコの自動販売機があった昭和が懐かしい。

一本ぐらい、どこかにまぎれ込んでいないか、全身をくまなく探したが、エプロンのポケットのなかにパチンコの玉が一個入っていただけだ。

若い男女が桂木憂優のまえを通りかかる。何とはなしに胸の名札に目がいく。

女は縫子、男は親市か。

男はタバコを吸いそうだと感じた。喫煙者には何とはなしに喫煙者がわかるものだ。同病あい哀れむというところか。

「兄さん、タバコ一本、恵んでーな」

親市に声をかけた。

若い男は「ここ禁煙だよ、それにすぐ本番だ」とそう言いながらも、タバコを一本よこしてくれた。

タバコを吸いに外に出ようと思ったがもう本番が始まってしまった。

いまはタバコを我慢するしかない。

「囀るマウス」の話題が始まる
榊原、柵木沙耶希、それに凩《こがらし》枯蘆《かれる》というフザけた名前の学者の話が始まる。

「遺伝子ノックアウトマウスに、マウスの『歌』を聞かせると、その情動に極端な変異が見られます。平たくいえば『恐怖に動揺する』ということですが……どうもマウスはメッセージを介して仲間たちと『恐怖』を共有しているらしい……しかもそれらの『恐怖』はある種の連続体を成しているらしい、ということがわかってきました」

そのとき何かが起こったのだ。

何かが起こって――

またマイクロバイオーム環境に戻ってしまったのだった。

実世界環境からマイクロバイオーム環境に転移《フリップ》するその一瞬のうちに……

暗闇のなか、榊原がバイソラックス飛翔型ゴキブリに爆撃されているのを見たのだ。そして――

そんな義理はなかったのに――つい反射的にモップでバイソラックスをはたき落としてしまった。

次の瞬間には、また桂木憂優はウユウに変異《トランスファー》してしまったのだ。瞬時に、実世界環境からマイクロバイオーム環境に転位してしまった。それも最悪のタイミングで。

ともあろうに、おびただしい弾丸がこちらに向かって飛んでくるあの瞬間に戻ってしまったのだった。

散弾はいましも流星群のようにウユウに襲いかかろうとしていた。その先端部分がはっきり視認できるまでに近づいていた。

散弾との遭遇時まではわずかにコンマ・モエを余すのみだろう。主観時間にしてコンマ数秒。実世界時間にしてコンマ・ミリ秒というところか。かぎりなくゼロに近いといっていい。

いかにマイクロバイオーム環境が時間凝縮され、クトゥルフ少女の時間感覚がそれに適応しているからといって、これではどうにもならない。逃げるのにも、迎え撃つのにも致命的なまでに時間が足りなかった。

クトゥルフ少女の場合、思考に要する時間もかなり加速凝縮されているようだ。コンマ・モエで思考がセット、リセットされる。実時間にしてコンマ・コンマ・ミリ秒というところだろう。

が、思考に要する時間が凝縮、加速されたからといって、その内容までもが変わるわけではない。このときにウユウが考えたのはこれがすべてだった。

——ダメだ、こりゃ。

と——。

ウユウは瞬時のうちにすべてをあきらめた。要するに——これは桂木憂優がつねに得意とするところでもあったのだが——ふてくされたのだ。

——死ぬまえにタバコ吸いてーけどな。んな時間ねーだろし。

そのときふいにその思考の果て、マイクロバイオーム環境とも実世界環境ともつかないどこかをスッと人影が過《よぎ》るのが感じられたのだ。

実際に見たのか、それともたんに思い出すか考えるかしたのが見たように錯覚されたのか、それすら判断がつかなかった。

が、それが一人の少年であることだけはわかった。痩せてもいなければ肥ってもいない。背が高くなければ、低くもない。平凡な、どこにでもいそうな少年なのだった。

ただ、髪に一筋、銀髪が混じっているのが、目に残ったが、それも強烈に記憶に残るというほどではない。

それなのにその少年の姿を見たとたんキュッと胸が締めつけられるような感情を覚えた。

自分でも説明のつかない激しい感情に——愛？だろうか——怒濤《どとう》のように呑まれるのを感じたのだ。

その少年とはこれまで一度として会った記憶がない。それなのにどうしてこんなに胸が強烈に揺さぶられるのか。会ったことがないはずの少年なのに、名前さえわかるのはどうしてなのだろう。

会ったことがない？

ふとその言葉にかすかな齟齬《そご》感を感じた。

そうではないだろう。その少年にははるか以前にどこかで会ったことがある。

そうでなければその少年の名を知っているはずがない。

たしか、その少年の名は……

——マカミ。

そうだ。マカミだ。あの少年の名前はマカミといった。

はるかに遠い中学時代の記憶がかすかに蘇《よみがえ》るのを覚えた。夏休みの思い出——プールの水のにおい、揺れる日射し、濡れたタイルの足裏の感触、笑う彼の声……

——マカミ。

その名を頭のなかでつぶやくだけで激しく想い

が揺さぶられるのを感じた。

これは、この想いは……

——恋？

んなバカな、と思う。

おれ、何歳だよ。がらじゃねーだろ。

ウユウは——いや、桂木憂優は自分の気持ちにひどく驚いた。

老いさばらえてとっくに恋などという気持ちから は遠のいてしまったと思い込んでいた。

それなのにいまは少年を慕う気持ちが、まるで泉のように尽きせず胸の底から湧いてくるのだ。

——これは恋なのか。

思わず声に出してつぶやいてしまう。

その切ない思いがマイクロバイオーム環境に波紋をひろげたように感じた。

そして思いがけないことに——それが虚空に反響を呼び起こしたのだ。

「限界少女ニラカ」

とクトゥルフ少女の声が響きわたったのだった。

8

ニラカの場合はこうだ。

いや、こうだ、と一言で説明できるほど、なまやさしい事情ではない。むしろ凄惨《せいさん》なものといっていい。

ニラカの実世界環境における表現形は、藤本菫花なのだが、その藤本菫花はこともあろうに夫を殺してしまったのだから。

いま、夫の吾郎は、アパートの狭いユニット式バスのなかで水につかったまま順調に死んでいる。吾郎が出入りしていた出版社が、創業五十周年記念ということでクリスタルの灰皿を関係者に配った。それで頭を殴りつけて殺した。灰皿はかなり重く、吾郎のひたいはきれいに陥没《かんぼつ》してしまった。ポコッ、と間抜けな音がした。

藤本菫花としては大量の血が流れることを予想した。床や壁を血で汚されるのを嫌って、吾郎が風呂に入ったときを狙って犯行におよんだ。返り血を浴びるのを覚悟して自分も裸になることにした。問題は眼鏡だ。

浴室に入るときには眼鏡も取らなければならない。そうでないと眼鏡が曇って視界が妨げられてしまう。が、眼鏡を外せば、今度は視界がボヤけてしまう。

なにしろ裸眼では〇・一の視力しかないのだから。眼鏡をかけたままにせよ、外すにせよ、いずれにしろ問題が生じるわけなのだ。困ったものだが、返り血のことを考えれば選択の余地はないだろう。

眼鏡は外すことにした。

全裸で浴室に入っていったら、なにを期待したのか、バスのなかの吾郎がニヤニヤと嬉しそうに笑った。

それを見て、

——こいつはバカだ。

と思う。

最近では、夫を見るたびに、ああ、こいつはバカだ、わたしはバカな男と結婚してしまったバカな女なんだ、と後悔する。

最後の最後になったこのときも、こいつはやっぱりバカだった、と思いながら、くらえ、バカ男、と一声叫んで、灰皿を夫の頭に叩きつけた。

この男はバカなくせに、何かというと、わたしに暴力を振るった。許せない。

よほど怒りのこもった一撃だったのだろう。一発で夫は即死した。きれいだし疲れない。――素敵だ。

藤本菫花は台所でゴキブリを見るたびに、すかさずスリッパか丸めた新聞紙で殴りつけるのだが、一発で仕留《しと》められた試しがない。思う存分なぐりつけて、絶対に死んだ、と確信しながら得物《えもの》を持ちあげると、その下から、半分つぶれたゴキブリがチョロチョロ何事もなかったように這い出す……

そのときの失望感、無力感は他にたとえようもない。それを思えば、夫を即死させたこれこそ、会心《かいしん》の一撃といえるのではないか。

――あなた、ありがとう、よく一発で死んでくれたわね。

ここ何年か、夫に対して感じたことがない、ほのかな愛情さえ覚えたほどだ。ちょっと早まりすぎたかしら？

いやいや、そんなことはない。吾郎が彼女に振るった殴る蹴るの凄絶《せいぜつ》な暴力の数々を思えば、早まりすぎたどころか、じつに遅すぎたほどだ。

吾郎とは五年前に目黒のシナリオ講座の教室で知りあった。二人ともシナリオ・ライター志望だったのだが、すでに吾郎はバラエティの構成ライターの仕事をしていて、一歩も二歩も彼女より先んじているように見えた。

吾郎と同棲し、籍《せき》を入れたのには――もちろん彼を好きだったからでもあるが――彼を足がかりにし、シナリオ・ライターへの階段をよじ登っていこう、という計算が働いたのは否めない。

藤本菫花の計算違いは、まずはバラエティの構成ライターとドラマのシナリオ・ライターは似て非なるものだということを知らなかったことにある。吾郎と自分とではむしろ自分のほうに才能がある、ということに気づかなかったのも計算違いだったろう。なによりの計算違いは彼女の才能に嫉妬した吾郎が暴力を振るいはじめたことだ。

それはもう大変な暴力で、生傷《なまきず》とあざが絶えず、骨折したことも一度や二度ではない。あまりのひどさに耐えきれずに、離婚を申し出たが、絶対に別れない、逃げてもどこまでも追いかけておまえを殺しておれも死ぬ、とまで言われたのでは、もう他に選択肢はなかった。つまり――

殺すしかなかった。

だから、そうした。けれども、ここでもまた計算違いを起こしてしまったのだ。それも、これこそ生涯における最大の計算違いというべきだった。

自分より重い男を殺すときには、決して彼が裸のときを選ぶべきではない。ましてやバスに浸《つ》かっているときを選ぶのは最悪の選択というべきだった。

裸の男には手がかりというものがない。しかもセッケンの泡でツルツル滑ってしまう。どんなに力を入れてもバスのなかから引きずりあげることさえできないのだ。ナマコを相手にしているように手ごたえがない。ただ疲労が、それも絶望的なまでに重くのしかかる疲労がいたずらに募るだけなのだ。

――興奮させて、あそこを硬くして、それを手掛かりに強引に引っぱり上げたらどうだろう。折れたってかまわないし、どうせもう使い道ないし……

そんな発想を得たのも若妻ならではのことだろう。大胆なことだ。しかし、いうまでもなく、この発想はナンセンスだ。どんなに色っぽい若妻でも、死んだ夫をその気にさせることはできないのだから――

ましてや藤本菫花はどちらかというと骨ばって

痩せっぽっちの無味乾燥なタイプなのだからなおさらのことだろう。

死んだ夫を相手に三十分は奮闘《ふんとう》しつづけたろう。とうとう藤本菫花は疲労困憊《ひろうこんぱい》して浴室の床にペタリとすわり込んでしまった。濡れたタイルが裸の尻にペタリとへばりついて気持ち悪いが、そんなことはもうどうでもよかった。

――どうしよう。

泣きそうになってしまう。

――わたし何でこんな目にあわなきゃなんないのよ。何も悪いことしてないのに。

当初の計画では、午後のうちに、夫の死体をビニールのゴミ袋に突っ込んで、夜になったら、レンタカーで近くの工事現場に運ぶつもりだった。そこはマンションの建設予定地で大きな穴が空いている。その穴の人目につかないところに落としてやる。明日はそこに、基礎のために、コンクリートを大量に流し入れるという予定を聞いている。

時をおかずして、マンションの基礎工事が始まるだろう。そうなれば絶対に夫の死体は発見されない。死体が発見されないかぎり、藤本菫花が殺人罪で追及されることはありえない。夫はたんなる失踪《しっそう》者として処理されることになるだろう……

これが藤本菫花の計画のすべてだった。シンプルだが、しかしそれだけに確実だ。彼女のプロット・メーカーとしての才能がいかんなく発揮されている。彼女がシナリオ・ライターとして夫よりも優れているという自負は、必ずしも自惚れとばかりは言えないのだ。

しかし現実はいつも無惨に彼女の才能を裏切ってしまう。まさか裸の男をバスタブから引きずりあげることがこんなにも難しいとは！　その苦労のあまり、これほどまでにヘトヘトになってしまうとは予想もつかなかった。

——どうしよう、どうしよう。

どうすることもできないのだ。

バスタブの湯はすでに水になっている。まずはこの水を抜いてみようか。そうすれば、すこしはこの忌まいましい生肉も扱いやすくなるのではないか……いや、でも、うかつなことはしないほうがいい。

なにしろ、この暑さなのだ。どんなにエア・コンをきかせてもその効き目にはかぎりがある。いずれは死体は腐りはじめてしまう。そんなことになったら大変だ。臭いが他の部屋に洩れてしまう。どちらにしろ死体を運び出すのは夜のことになるだろう。そうなるまえに死臭のために他の部屋の住人が騒ぎだしたら取り返しのつかないことになってしまうだろう。

不用意に水を抜いてはならない。それよりも……

——氷だ。氷で死体を保存しよう。

冷凍庫からありったけの氷を取り出してそれをバスタブのなかに流し込んだ。しかし、それぐらいの氷ではとても足りそうにない。バスタブのなかでうなだれながら死んでいる吾郎が、もっと、もっと、と氷をせがんでいるように見えた。

——何よ、あんたが悪いんじゃないよ。だから、わたしが冷蔵庫を買うときにもっと製氷皿の大きなのを買おうと言ったんじゃないよ。あんたがケチったりするから。

製氷皿の底にこびりついている氷をアイスピッケルでゲシゲシとこそぎ落とした。ふと自分がアイスピッケルではなしに細身の剣を使っているような錯覚にかられた。どこか遠いところ、自分の知らないところで、わたしではないわたしが剣をふるっている姿がかいま見えた……

ように感じた。どうして、こんなぎりぎりの窮地《きゅうち》に、そんなたわいもない妄想にかられたのかは自分でもよくわからない。その妄想にはなにがなし見覚えがあるようにも感じたがそれが何だったのかもわからない。

いずれにしろ、製氷皿の氷をこそげ落としたぐらいではどうにもならない。それこそ焼け石に水だった。

――これじゃダメだ。

藤本菫花は頭のなかでうめき声をあげた。

ほとんどヤケになって製氷皿をタイルの床に叩きつけた。バカなことだった。何があっても夫を殺した女がやるべきではないことだった。製氷皿はガシャンと大きな音をたてた。その音に死んだ夫が顔をしかめたように見えた。

――大きな音をたてるなよ。やかましいじゃないか。ぼくが騒音を嫌いなのは知ってるだろ。

夫は妻をいさめた。

――それにヤケを起こすんじゃない。ヤケを起こすのはまだ早いよ。方法はいくらでもあるんだからさ。

「なによ、ひと事みたいに言わないで欲しいわよね。腐るのはあんたの死体なんだからね。わたし一人にぜんぶ押しつけてそれでいいって思ってるわけ」

――死人にとっては。

夫は厳粛《げんしゅく》な表情でそう言う。

――すべてがひと事だ。

やんなっちゃうなあ、と藤本菫花は天井を仰いでボヤいた。こんなときに、わたし、幻覚を見ている……

一瞬、天井を見つめたのちに、その視線をふたたび夫に戻そうとする。

天井から夫に視線がスウィングする。その途中にそれがいた。それ――マウスが。

――あれ、どうしてこんなところにマウスなんかがいるんだろ？

藤本菫花はポカンとしてマウスを見た。マウスのほうでも怖じずに藤本菫花のことを見返している。――しかもバスタブの縁に後ろ二本足で立っているのだ。吾郎のあきらめきったような死に顔を間にはさんで向きあっている。

マウスとかラットが後ろ二本足で立つのはめずらしいことではない。藤本菫花も何度か写真や映像で見たことがある。けれども彼らは背中を丸めて立つ。そのマウスのように背筋をピンと伸ばして直立する姿など見たことがない。まるでミーアキャットだ。

大方の女性がそうであるように藤本菫花はネズミが好きではない。まさか悲鳴をあげて逃げ出すほどではないが、おぞましいと思うし、汚らしいとも思う。

が、そのマウスにかぎっては、ふしぎなほど嫌悪感を覚えなかった。むしろ、その逆に、なにか魅せられるものさえ覚えた。引きつけられた。

それというのも、そのマウスが全体に銀色がかって美しかったからかもしれない。メタリックな非現実的な美しさだった。その真珠を填め込んだような目が黒々とつぶらだ。

それに――常識的にはそんなはずはないのだが――その目が強靭な知性をたたえて深々と思索的なものに感じられるのだ。じつに慈愛にとんだ表情をしていた。

「わたしに」藤本菫花は自分でもそうと意識せずにそんなことを口走っていた。「何か用なの」

もちろん、マウスがそれに返事をするなどと期待したわけではない。ペットに話しかける人は多いが、ペットがそれに返事をすると思っている人間はいないだろう。それなのに――

マウスはこう言ったのだ。

――ニラカ、どうやらきみは自分がクトゥルフ少女であることを忘れているようだ。自分が限界少女であることを忘れている。きみの使命を思い出せ。クトゥルフ爆発はすでに間近に迫っている。ゴキブリ種がバイソラックスに全滅されようとしている。きみたちの使命は、クトゥルフ爆発を未然に防いで、ゴキブリ種を全滅から免《まぬが》れさせることにある。その使命を思い出せ。もし、きみがその使命に身を投じるのであれば、わたしはきみをこの苦境から救ってあげよう。きみのご主人の死体をこの部屋から消してあげよう。

9

――マウスが話しかけてきた!

あまりのことに藤本菫花は我を失ってしまったらしい。あとさき何も考えずにアパートを飛び出した。吾郎の死体も存在しなければ、マウスも話しかけてきたりはしない、普通の世界に逃げたかった。

人を殺した女にはもうふつうの世界など望んでも得られるはずはないのだが……いや、そもそも彼女はもうずいぶん前からふつうではない世界に生きてきたのであって、だからこその限界少女なのだが……

いまの藤本菫花には、そのことに思いをはせるだけの精神的余裕さえ欠いていた。

気がついたときには、吾郎が構成ライターをしていたワイドショーの生放送のスタジオに足を向けていた。

――吾郎を殺してしまった。吾郎のかわりに何とか収入の糧《かて》を得なければならない。何とかテレビの仕事をもらえないものか。

本気でそんなむしのいいことを考えていたのだろうか。いくら夫がその番組の構成作家をしていたからといって、素人同然の藤本菫花がそんなに都合よく仕事をもらえるはずがない。そんなことを考えること自体、すでに異常をきたしていたのにちがいない。

それはそうだろう。夫を殺したうえにマウスが話しかけてくれば藤本菫花ならずとも常軌を逸《いっ》して当然だった。

吾郎の名前を出してどうにかテレビ局に入ることができた。ディレクターに会い、キャスターの榊原にも会った。仕事をさせて欲しい、と頼んでみたが、ろくに相手にもされなかった。けんもほろろにあしらわれたといっていい。

が、ある意味、これも想定内のことで、じつは藤本菫花は本気で仕事が欲しかったわけではなかったのかもしれない。ただアパートに残って、死んだ夫と一緒に、マウスの話を聞いているのに耐えられなかっただけのことなのだ。要するにテレビ局以外に行き先を思いつかなかっただけのことだ。それだけ彼女が孤独だということなのだろう。

結局、スタジオの生放送を見ることになった。

——自分の殺した男の死体をアパートに残したままこんなことをしててもいいのだろうか。

ぼんやりそんなことを思う。

いいはずはないが、いまの追いつめられた藤本菫花には、他にすべきことを何も思いつかないのだった。

今日の最初の話題は「囀るマウス」なのだという。マウスから逃げてきてまたマウスに出合う。妙な偶然だ、と思う。いやな偶然だ、とも思う。

スタジオにマウスが運び出されてきた。——

ケージに隠されてそれがどんなマウスだかよく見てとることができない。

　モニターで見るかぎり、銀毛のあのマウスに似ているようにも見えたが、そんなはずはない。マウスにそんな表現が当てはまるかどうかわからないが、要するに他人のそら似ということだろう。

　スタジオでは、榊原、柵木沙耶希、それに凩枯蘆というおかしな名前の科学者が話をしている。

「さきほど先生にうかがいました。このとおり体が銀色がかっているでしょ。ですから、フランスの銀食器ブランドにちなんで、クリストフルという名前だそうです」

「クリストフル……マウス・クリスト……」

　榊原の口調が心なし、怯んだものに聞こえたのは、それがイエス・キリストと韻《いん》を踏んでいることに気づいたからだろう。もちろん、たんなる偶然なのだろうが……それが信仰を冒瀆《ぼうとく》することになりはしないか、という危惧に榊原はビビったのにちがいない。

　榊原はその自信タップリな振るまいとは裏腹にひどく小心な男なのだ、と吾郎から聞いている。

　モニターにマウス・クリストの姿が大写しで映し出された。なにかメタル加工されでもしたような全体に銀色がかった体毛……

　——やっぱり似ている。

　浴室で話かけてきたあのマウスにそっくりではないか、と思う。が、その一方で、そんなはずはない、とそれを否定する気持ちも働いた。——そのうちにマウスのあまりの美しさにそんなことはどうでもいい、と思うようになった。どんな美しい女優、アイドルよりも、そのマウスの容姿には人を魅了するものがあったからだ。

　ほとんど神々《こうごう》しいまでに。

　——神々しい？

一瞬、マウスに対してそんな言葉を使ったことに、藤本菫花はとまどった。いったい、わたしは何を考えてるんだろう？

——Jesus Christ に、Mouse Christ か。

その語感の似ていることがそんな連想を誘ったのだろうか。それにしても神々しいって何？　連想にしても行きすぎなんじゃないかしら。

そう自問して——ふと胸に響くものを覚えた。かすかな、かすかな響き……が、それが思いがけなく強い反響を呼び起こしたのだった。埋もれていた感情を掘り起こされた。忘れていた記憶を呼び戻された。

何だろう、この感情は？　懐かしい。懐かしい、というよりいっそ切ない。愛しい——って誰を？

あれほど無感動に夫を殺した藤本菫花が、いまはまるで少女のように想いを繊細《せんさい》に揺さぶられている。

自分でもそうと意識せずに記憶の果てに視線を凝らした。そこに揺曳《ようえい》してチラチラ見え隠れする人影があった。彼女のほうを見つめている。

——あなたは誰？

マカミ、という名前を思い出す。

そうだ、この子はマカミって名前だった。そのほかのことは何も思い出さないのにただ名前だけが記憶に鮮烈に蘇る。泣きたくなるほどの愛しい想い……

少年だ。

洗いざらしのTシャツにジーンズ……痩せてもいなければ肥ってもいない。背が高くもなければ低くもない。どこといって特徴のない、どちらかというと平凡な印象の少年といっていいだろう。

——ただ、髪に一筋、銀髪が混じっているのが、かろうじてその少年に特徴を与えていた。

そんな少年が彼女に笑いかける。かすかに風が吹くような微笑……そして記憶の果てをかすめて消えていく。口笛を吹きながら歩き去る……

藤本韮花の胸に――いや、限界少女ニラカの胸に――憧憬《どうけい》の想いを深く残して。取り返しのつかない傷跡のように。

――待って、マカミ。

が、もう少年はいない。どこにもいない。

と、凩枯蘆が、マウスの「言語」について触れているのに気がついた。

マウスの言語！　いやでも浴室で自分に話しかけてきたあのマウスのことを思い出さざるをえない。これは偶然だろうか。こんな偶然があっていいものだろうか。

藤本韮花は彼らの話に耳を傾けた。

――もしかしたら、マウスが話すのを聞いたのを幻聴だと思ったのは、わたしの早とちりだったのではなかったか。

いま藤本韮花の胸にフッとそんな疑惑が生じた。

――もちろん、マウスは声に出してしゃべったりしない。それは当然なんだけど……だってマウスの口の構造は人間とは違うんだから。人間みたいにしゃべるのは無理なんだから。でも、人間のようにじゃなしに、しゃべるんだったら可能なんじゃないかしら。だって……

だ、っ、て、わたしはマウスがしゃべったのに驚いたんであって、マウスがしゃべった内容に驚いたんじゃないんだから、と思う。

それに――とさらに彼女は思うのだ。

――「クトゥルフ爆発」とか、「バイソラックス」って言葉、まえにどこかで聞いたことがあった。あれ、何だっけな。どこで聞いたんだっけ？　どんな意味だっけ？

彼女もシナリオ・ライターを志すほどだから、

「クトゥルフ」が何であるかぐらいの知識は持っている。二冊ほど、必要に迫られて、関連の本を読んだこともある。クトゥルフを題材にしてアニメのシナリオを一本やっつけなければならなかったのだから。もっとも、そのときだって、そんなに熱心に読み込んだわけではなかったけれど。

——ああ、そうか。何でいままで忘れてたんだろ？　あのとき、わたしが書いたのは、たしか『クトゥルフ少女戦隊』のワン・エピソードなのだった。つくづく出来の悪いアニメだった。マウス・クリストはそのことを言ってたのか。でも、わたしがクトゥルフ少女ってどういうことだろ？　限界少女って何なのよ？　そもそも——「クトゥルフ爆発」って何、って話じゃないよ。わからないよ。いったいクトゥルフの何が爆発するというのよ。

彼女のそうした心のなかの葛藤《かっとう》の声に重なるようにして、あいかわらず凧の声が切れぎれに聞こえている。

「マウスに言語の萌芽を見い出せるかどうかをテストしているうちに、その『囀り』はそのまま、ある種の特殊な情報を、ある種の特殊な人間に伝える機能を持っているようだ、ということがわかってきました。これを、われわれは『憑依文字』と呼んでます……」

憑依文字！　それに何か強烈なデジャ・ビュのようなものを覚えた。ほとんど頭を激しく揺り動かされたかのような衝撃だった。——言葉として知っているのではない。いま初めて聞く言葉なのに、それが何なのか知っているのだ。

——浴室でマウスの言葉を聞いて理解できたように感じたのも、あれが憑依文字だったからではないかしら。憑依文字というのはつまり……

榊原はこれ以上、凧枯蘆に話をさせるのは面倒だ、と判断したらしい。自分にカメラを向けさせた。

けれども凩枯蘆はそんなことは意に介してもいないらしい。そのまま話をつづける。すでにカメラもその姿を撮していないないし、マイクもその言葉を拾ってはいないようだが、そんなことは気にもしていないらしい。

「人間のマイクロバイオームは腸管神経系を形成しています。腸にも脳のようなニューロンがあるということだ。腸ニューロンは迷走神経を介して脳と連絡している……つまりマイクロバイオームは脳ニューロン回路の形成に（つまり「思考」に、あるいは「感情」に）密接に関連してる、ということですな。さらには、たぶん免疫《めんえき》システムにまで影響をおよぼしている……

マウスやゴキブリも細菌叢を持っていることはヒトと同じです。思うに、彼らもそのマイクロバイオームに思考や免疫システムをコントロールされているわけでしょう。どうもゴキブリの思考とか感情というやつがどんなものだか想像することもできないんですけどね。それで——どうもヒト、マウス、ゴキブリのマイクロバイオームのなかにある種の共通した——それをわれわれは仮にクトゥルフと呼んでるわけなんだけど——共生細菌が棲息しているらしいんですよ。

ヒトも、マウスも、ゴキブリも、その『クトゥルフ』という共生細菌から大きな遺伝子の断片を取り込んでいるらしい。しかも、この遺伝子はヒトとゴキブリとマウスの間を水平転移しているらしいんだよ。これはつまり、ＰＣとかタブレットに同じアプリを入れて互換性を持たせるようなものです。このクトゥルフの遺伝子断片をわれわれはすなわち憑依文字と呼んでるわけです。これによって異なる種の生物の『思考』とか『感情』の間に共通したインフラ基盤が形成されるのだと思う。つまり、あくまでもマイクロバイオームのレベルにおいてのことですが、これによって、ヒトとゴキブリとマウスとがそれぞれにコミュニケートすることができるようになるわけです」

――憑依文字を介してマウスとコミュニケートすることができる……

その言葉に藤本菫花はハッとした。あらためてモニターに見入ったとき――

マウス・クリストがサイレンのように囀ったのだ。

その声はスタジオのなかにするどく鳴りわたって――

こんなふうに聞こえた。

――次の「クトゥルフ爆発」では、「種」に地滑《じすべ》り的変動が起こるものと予想される。「種」に変動が起こるというのは、つまり、現存する動物のなかで絶滅するものがいるということなんだけどね。ゴキブリが絶滅するのが予想されるんだ。現存するゴキブリは跳躍することはできるが飛べないんだけどね。すでに「クトゥルフ爆発」の進化圧にさらされて、「飛翔型バイソラックス表現型」が誕生してる。優勢種だよ。

バイソラックスは来《きた》る「クトゥルフ爆発」において現存ゴキブリを駆逐《くちく》し、滅亡に追いやることだろう。バイソラックスとゴキブリとは同じ生態環境《ニッチ》を争う関係にあるからね。生存競争だ。だから、きみたちクトゥルフ少女としては、何としてもそれを阻止する必要があるわけなんだ。

藤本菫花はマウス・クリストの囀りのなかにはっきりそれを聞いた。ただし声として聞いたのではなしに憑依文字として感じたのだったが。

何か、まだはっきりしないことはあるが、というかはっきりしないことだらけだが――どうしてクトゥルフ少女がゴキブリの絶滅を阻止しなければばならないのか、まずはそのことがわからない。

　ゴキブリが絶滅して困るのはゴキブリ駆除剤（「ゴキブリホイホイ」？　「コンバット」？）の会社ぐらいのものではないだろうか。――わたしはこの地上からゴキブリが一匹もいなくなってもいっこうに困らない。むしろ大歓迎だ。

「ゴキブリが絶滅するって……」と藤本菫花はぼんやりつぶやいた。「そんな先の話、わたしには関係ない。どうでもいい」

――そうともいえないんじゃないかな……それほど先の話でもないし。

　マウス・クリストはあっさり菫花の言葉を打ち消した。そして、憑依文字をつづけるのだった。

――クトゥルフ爆発はすぐに――何万年後かに――起きる。生物の表現型での大変化が起きるためには、そのまえに遺伝子型での変化が前提されなければならない。

　つまり、ゴキブリ絶滅の遺伝子レベルでのインフラストラクチャーはいまこの時点で進められていることなんだよ。クトゥルフ爆発が起こる未来でのことじゃない。きみたちはいま遺伝子レベルでゴキブリを絶滅から救わなければならないんだよ」

「いま……」

　藤本菫花は呆然とした。

――そうさ。だって、生物の進化史からいえば数万年の時間スパンなんて、あっという間なんだからさ。

「……」

――カンブリア爆発では現存するほぼすべての動物門が一斉に出そろった。けれども、そのために必要な遺伝子レベルでの大変化が同時に起きたというわけではない。それにさきだって一〇〇〇万年ぐらいの間に遺伝子レベルでの大変化が準備された。

　そのために遺伝子がコピーされたり——遺伝子重複だよ——複数の遺伝子が組みあわさって一つの大きな遺伝子になったり——遺伝子混成——したわけなんだよ。そうやって多様な遺伝子が準備された。しかも、今度は「門」ではなしに、「種」での地滑り的変動が起こるわけなんだからね。

　そのための遺伝子レベルでのインフラは遺伝子重複や遺伝子混成程度でまかなえるものじゃない。もっと徹底して絶対的な遺伝子変化が用意されなければならない。遺伝子憑依だよ。絶対進化が必要とされる——それだからこそ、ゴキブリの絶滅を防ぐためには、何としてもきみたちクトゥルフ少女の存在が必要になるわけなんだよ。わかるかい？

　——わからないよ。絶対進化って何？　クトゥルフ少女って何なのよ？


が、このときにはもうマウスの囀りは終わっていて——もともと実世界環境においてはわずか数秒のことでしかなかった「マウスの囀り」が、何分にも感じられた藤本韮花の時間感覚はすでにマイクロバイオーム環境世界に転移していたのかもしれないが——藤本韮花の質問はむなしく宙に浮いてしまうことになった。

　そしてスタジオの明かりが消えて、飛翔ゴキブリの群れが榊原を襲い、それをモップで叩き落とした老婆が例外少女ウユウに変わって——

　藤本韮花もまた限界少女ニラカに変身したのだった。

10

ニラカは限界少女だ。

いつも命ぎりぎりのところで生きている。

実世界環境でもぎりぎり限界を生きている。夫の暴力に耐えきれずに殺したはいいが、死体の処理に困った。

悪いことに真夏なのだ。しかも西陽《にしび》の当たる蒸し風呂のような地獄部屋だった。死体は生ものなのだ。どんなに冷房をギンギンにきかしても限界がある。いずれは腐ってしまう。

どうすればいいのか？　どうしようもないのだ。

ここでもやはり限界少女だ。土壇場まで追いつめられ、あとがなくなってしまう。精神に極限までストレスをかせられた。

バスタブの縁に後ろ二本足で直立するマウスを見たのはその結果からだろうか、とも思う。精神というフィラメントが焼けちぎれて妄想を見てしまったのか、と。

しかし、妄想にしては、あまりにマウスの存在感が生々しすぎた。その言葉にのっぴきならない切実さを感じさせた。

――きみたちの使命は、クトゥルフ爆発を未然に防いで、ゴキブリ種を全滅から免れさせることにある……きみがその使命に身を投じるのであれば、わたしはきみをこの苦境から救ってあげよう。きみのご主人の死体をこの部屋から消してあげる。

この言葉を信じるべきだろうか。そもそもテレビの「囀るマウス」とバスタブのマウスとは同じマウスと考えるべきなのか。たぶん、そうだ。

あの銀色がかった体毛はじつに独特だからだ。あんなマウスがこの世に二匹もいるとはちょっと考えられない。

アパートに出現したマウスがどうやって時をおかずに「囀るマウス」としてテレビ出演できたの

か、という疑問はある。時間的につじつまがあわないからだ。

が、なにしろ「憑依文字」をあやつるマウスなのだ。この際、何でもあり、と理解すべきかもしれない。

ただ、いくら何でもあり、だとしても「きみのご主人の死体をこの部屋から消してあげる」という言葉をそっくりそのまま鵜呑《うの》みにはできない。魔法使いではあるまいし、どうしてそんなことができるのか。おまえはマウスの引田天功《ひきたてんこう》か、と突っ込みを入れたくなってしまう。

それに、どうやらきみは自分がクトゥルフ少女であることを忘れているようだ、という言葉もやはり納得できない。自分が限界少女であることを忘れている、って何かおかしかないか、おい。

だって、アニメの『クトゥルフ少女戦隊』は、夫だった吾郎が、監督とのコネからお情けでワン・エピソードだけシナリオの仕事をもらい、しかも結局は書けずに、妻の韮花に丸投げした作品なのだから。

「おれは向田邦子《むこうだくにこ》のように人間を書くためにシナリオ・ライターを志したんだ。ガキのお楽しみなんかバカバカしくてつきあってられるか」

というのが、そのときの吾郎の言いぐさだったが——笑わせちゃイケないよ。じつはアニメのシナリオを書くだけの才能がなかっただけの話じゃないか。

思えばあのときが、夫の才能に疑問を抱いた、そもそもの最初だったかもしれない。

韮花は子供のころ、マンガやアニメが大好きだったが、自分でもふしぎなほど同時代の作家には目が行かなかった。萩尾望都の『トーマの心臓』や、永井豪の『デビルマン』に夢中になった。母親に叱られながら、夜遅くまでベッドのなかで読みふけった。それで近眼になったほどだ。

だからアニメやマンガを「ガキのお楽しみ」などという言葉で切って捨てる人間は信用できない。向田邦子には何の責任もないことだが、それ以来、向田邦子を好きだという人間には不信感を抱くようになった。

『クトゥルフ少女戦隊』は悲惨なほど――いや、いっそ滑稽なほど――不人気で、結局、ワン・クールもたずに、七話放送されただけで、あっさり打ち切りにされてしまった。

韮花にはまったくそんな意識はなかったのだが、期せずして彼女が書いた第七話が、最終エピソードになってしまったわけだ。

『クトゥルフ少女戦隊』の全体設定はこうだ。

……近未来、たぶん二〇四〇年代、沖那覇は定期的に侵略をしかけてくるクトゥルフの脅威《きょうい》にさらされていた。日本と軍事同盟を結んでいる大国（としかされていないが明らかにこれはアメリカだ）は、基地に海兵隊を常駐させてクトゥルフの侵略《しんりゃく》から日本を護《まも》っていた。いや、建前ではそういうことになっていたが、その大国は裏ではクトゥルフと結託しているのではないか、と疑わせるところがあった。微妙に信じ切れないところがあるのだった。このあたりはまだシリーズの初期では明らかにされない。というか、いきなり打ち切りにされてしまったために、ついに明らかにされずじまいになってしまう。

ある夏の日、沖那覇私立泥縄中学に一人の若い教育実習生が赴任《ふにん》してくる。彼は、夏休み、四人のクトゥルフ少女たちに補習をさせることになっていた。それというのも、その秋、彼女たちはクトゥルフの全面攻撃に向けて、それを迎え撃つべく、出動することになっているからだ。

おそらく彼女たちは一人も生還することはない

だろう。若い教育実習生の義務は、少女たちが心おきなく出撃できるように、それまで訓練にかまけて取りこぼしてきた単位を、すべて補ってやることにあった。

毎年、毎年、四人のクトゥルフ少女が選ばれ、「大国」海兵隊のいわば生きた尖兵レーダーとして、真っ先にクトゥルフ迎撃に出動させられるのだった。

クトゥルフ少女たちは生理的な処置によって初潮を遅らされていた。実際には十四歳なのだが永遠に十二歳の心と体にとどめられていた。クトゥルフと戦うためには少女でなければならない――という取ってつけたような設定があるにはあったが、ここには「日本人の精神年齢は十二歳にとどまっている」という占領軍司令官マッカーサー元帥の言葉が暗喩《あんゆ》として隠されていた。

じつは若い教育実習生は過去、自分が中学生だったとき、初恋の相手がクトゥルフ少女に選ばれ、むなしく出動させるままに死なせてしまった、という苦い過去があった。以来、人を愛することができなくなってしまったのだった。

こうして若い教育実習生と四人のクトゥルフ少女たちとの短い――しかし永遠に終わらないかのような――夏休みが始まる。

四人の少女たちはそれぞれに若い教育実習生に思慕《しぼ》の念を抱くが、彼にこのハーレム状態に気づく気配はない。あるいは、気づいているのだが、気づかないふりをしているだけなのかもしれないが。

彼女たちの想いにこたえたところで、その先に待っているのは全員の死に他ならないのだから。

甘ずっぱい青春の日々が淡々とつづられる。

あたかもそれが永遠の夏休みででもあるかのように。

プールで泳ぐにはビキニがいいか、スクール水着がいいか？　若い教育実習生と一緒に誰が花火大会に行くか。そのときには浴衣《ゆかた》を着ていったほうがいいか、それとも制服のままのほうがいいか……たわいがない、しかし四人のクトゥルフ少女たちには切実なエピソードがつづけられる。

　幼い恋のさやあて……誰も手をつけないまま結局は解けてしまうかき氷、夏の教室に静かに流れるショパンのピアノ曲、キャンプの思い出、浜辺に咲く真っ赤なハイビスカス、そして図書室でのファースト・キス――

　クトゥルフとの小競《こぜ》り合いを重ねながら、彼女たちと彼は青春の日々をすごし、次第に彼らは最終出撃にと向かっていく。

　その全体設定の概要を読んだとき菫花はふと中学時代の思い出に触れた気がした。

　自分にもこんな思い出がある……そんな気がした。夏休み――音楽室で一緒にピアノを弾いていた男の子……レースのカーテン越しに射し込む日の光のなかで微笑んでいた男の子……あの子の名前は何て言ったろう。

　――マカミ。

　そうだ、マカミだった、と菫花は思う。自分にもこんな夏休みがあったのだ、と。

　セカイ系、戦闘美少女、平凡でどちらかというと残念な男子がさしたる理由もなしに美少女たちにモテモテになるハーレム設定、そして永遠に終わらない夏休み……

　アニメでは何度も使いふるされた設定で、むしろ陳腐《ちんぷ》とさえいっていい。すでに時代遅れといってもいい。

　ただ毎回、クトゥルフとは何であるかが執拗に問われつづけることが、多少、ほかの作品とはおもむきを異にしたかもしれないが。

――クトゥルフとは何なのか。エイリアンなのか、魔物なのか、過去の戦争の亡霊なのか、異次元の生命体なのか。それとも他の何かなのだろうか。どうしてこうまで執拗に沖那覇を襲撃しつづけるのか。どうして沖那覇の乙女たちだけがそれを防ぐことができるのだろうか。もしかしたら彼女たちは巫女なのだろうか……何も明らかにされないままに物語は中断されてしまう。

菫花もこころみに、じつはクトゥルフは「愛」の体現者であり、人類こそが凶暴で邪悪な生命体ではないか、という仮説を第七話のエピソードにコッソリ忍ばせておいた。そのことで、クトゥルフ少女たちの悲劇性がよりいっそうきわだつ、と考えたからだ。

彼女たちは「愛する人たちのために戦う」と宣言するのだが、そもそも人類はその崇高な言葉に値するほどのものなのか、というシリアスな問題提起《ていぎ》を試みた。

が、いずれにせよ、『クトゥルフ少女戦隊』は誰からも注目されないまま、ひっそりと終わってしまう。彼女たちと彼は最終出撃しないまま永遠に夏休みに閉ざされ、取り残されてしまうのだ。

それなのにどうして菫花たちがクトゥルフ少女であるわけがあるのか？　マウスのその指摘はどうにも納得できない。そもそも理解を絶している。

――現実の人間をアニメのキャラと同一視されても判断に困るのだ。不条理なのを通りこして、ほとんどナンセンスといっていい。

が、いまはそんなことを考えても仕方ないだろう。実世界環境の藤本菫花はいつも命ぎりぎりのところで生きている。そして、それはマイクロバイオーム環境にある限界少女ニラカにしても同じことなのだ。よけいなことを考えている余裕などない。

スタジオが停電になり、つなぎにアニメの『クトゥルフ少女戦隊』が放映された……飛翔型バイソラックス表現型の群れが榊原を爆撃した……どこから湧いて現れたのか薄汚い婆ぁがそれをモップではたき落とした……

そこまでを目撃した。ただでさえ視力の弱い韮花がどうして暗いなかでそれを見ることができたのか疑問ではあったが。しかし、それを考えるより先に、韮花には——いや、ニラカにはというべきか——やるべきことがあった。

マイクロバイオーム環境に反転《フリップ》していきなり自分が修羅場のまっただ中にいることに気がついたのだ。

修羅場も修羅場——いましも散弾が流星群のように例外少女ウユウの体を呑み込もうとする修羅場のクライマックスだ。

どうして彼女を即座にクトゥルフ少女の一人であるウユウと判断することができたのか、そもそもどうして自分は老婆の名前が桂木憂優であることを知っているのか。なぜ老婆が少女に変わったのか？　わからないことばかりだ。

いや、人のことは言えない。それを言うなら、生活苦と夫のＤＶに苦しんでいた冴えない主婦の自分にしてからが、何で少女に変身したのかがわからない。しかも実人生では一度も経験したことのないアイドルもどきの美少女に、だ。それに老婆が持っていたモップが槍に、わたしが持っていたアイスピッケルが剣に変わったのは何の冗談なのだろうか。が、いまはそうしたことどももまた考えている余裕はないようであった。

このときニラカは細菌サイズにまで凝縮していた。マイクロメートルのレベルまで視力の分解能を進めた。たしかにそれで光学顕微鏡なみに解像力をあげることはできる。

だが、それによって視野の明るさが失われてしまうのは避けられない。精密な視界を期待するなら、それなりの集光能力を必要とする。ニラカにはその能力があった。

　ウユウはマイクロバイオーム生態系を構成する電磁気微生物《エレクトロソーム》遺伝子の塩基配列を書きかえて、電磁気を放つことができる。

　それに対してニラカはマイクロバイオーム生態系を構成する細菌の光合成機能を表現する。そのアンテナ反応中心複合体を賦活することができるのだ。

　つまり光を放つことができる。――それも強烈に。

　マイクロバイオーム環境が強い光に照らし出される。

　その光のなかにヨハネの翼が浮かびあがる。それは天を覆わんばかりに大きい。

まるで天使の翼のように、なにかを啓示するように――ギラギラと純白の光を放った。

　ヨハネの翼は原子サイズの薄さしかない。光がその表面に当たる。翼を構成する原子のまわりの電磁波と弾性衝突する。非常に微力ではあるがそこに光圧が生じる。

　クトゥルフ少女たちの認識環境は十マイクロメーターから百ナノメーターのオーダーの間にある。細胞からミトコンドリアのサイズだ。原子のサイズとは三桁ほどオーダーを異にする。

　つまりマイクロバイオーム環境にあってもさすがに光圧までは実感できない。ヨハネの翼が光圧を受けて押し動かされてしまうのがまるで魔法のように感じられてしまう。さながら光を受けて推進する太陽帆《ソーラーセイル》のようだ。

　ニラカがマイクロバイオーム環境に反転したのはヨハネが発砲する寸前だった。反転するのと同時に発光した。ぎりぎりのタイミングでヨハネの翼を動かした。

そのために散弾群が狙いを逸れた。ウユウの体をズタズタに引き裂くはずが、彼女の体を避けるように拡散した。その瞬間、ウユウは自分が死んだと思ったはずだ。それほどきわどいタイミングだった。

「ほほう」

ヨハネは驚かなかった。ただ、わずかに苦笑を洩らしただけだ。

飛翔型バイソラックス表現型なのにその姿はあくまでも優雅で、その微笑はほとんど美しいとさえいっていい。それがじつにアンバランスだった。進化の造形がこのヨハネにあっては何か根本的に間違ったのだとしか思えない。

「くたばれ」

ニラカのなかで激しい衝動が動いた。怒り——いや、殺意だ。攻撃に転じた。

ヨハネに向かう。

剣を頭上に振りかざし、ヨハネに斬りつける。真っ二つにしようとした。

が、ヨハネには通用しなかった。笑った。それを難なく右手で受ける。右手は手甲のように装甲されていた。剣が弾き返される。腕がジーンと痺れる。危うく剣を取り落としそうになったほどだ。

——ゲッ！

右腕の痛みよりは、こいつには剣が通用しない、という驚きのほうがまさった。むしろ恐怖に似ているといったほうがいいかもしれない。後ろに飛びすさろうとした。逃げようとしたのだ。

が、そのときにはヨハネの翼がさらにひろがった。

ひろがり、ひろがり、ひろがって、頭上を覆った。投網《とあみ》のようにニラカの体に落ちかかってきた。

それにからめとられて身動きがとれなくなってしまった。

「バカ、ドジっ、何やってんだもう、このメガネ！」

ヨハネの背後にウユウが迫った。ヨハネの背中に槍を突き入れる。しかしヨハネの装甲には槍もやはり通用しない。あっけなく弾き返される。

ウユウは後ろざまに跳躍し、とっさに逃げようとした。が、ウユウもニラカのようにやはり逃げ切れなかった。

ヨハネの翼がさらに玄妙複雑な動きを見せたのだ。まるでジェット機脱出装置のパラシュートのように空に噴きあがった。見るまにウユウの体をからめ捕った。

「ドジはおまえだって同じじゃないか、ババア！」

ニラカは嘲笑したが、つまりは二人ながら窮地におちいったのだ。翼にからめ捕られて身動きがとれなくなってしまった。じつはウユウをあざ笑うどころではない。

翼が万力《まんりき》のようにニラカの体を強い力で締めつけてきた。薄くて、軽くて、天使の羽衣《はごろも》のようにきゃしゃに見えたヨハネの翼の、この容赦のない圧搾《あっさく》力、鋼のような強靭さはどうしたことだろう。

ニラカは自分の胸郭《きょうかく》がギシギシと音をたてて軋《きし》むのを覚えた。いまにも全身の骨がバラバラに砕けそうな苦痛だ。

息ができない——急速に意識が遠のいていくのを覚えた。まるで焼けた針のように意識が細くなって真っ赤に灼熱した。

このままでは遠からず意識を失ってしまうだろう。いや、意識どころか、命までも……

と、そのとき、そのかすれた意識の果てに少女の声が響いたのだ。

——実存少女サヤキ！

11

サヤキの場合はこうだ。

……柵木沙耶希は本を読むのが好きな少女だった。

中学に入ったころ、すでにボルヘスとかマルケスなど南米文学に読みふけっていたといえば、その早熟さのほどもうかがい知れようというものだろう。もっとも、その一方で、サドとか、ナボコフ、はては沼正三《ぬましょうぞう》の——いわゆる異端文学にいたるまで目配りを忘れなかったのだから、たんに「頭がいい文学少女」という枠内にはおさまらないかもしれないが。

彼女にはもうすこし、何というか、邪悪なところがある。邪悪にして、聡明だ。

聡明であればこそ、「読書」という習慣は前世紀に属するものであり、すでに過去の遺物になりつつある、ということに気がつかないはずがない。ある種の人間は、年端《としは》もいかない少年少女が読書にふけるのを好ましく思わないということも心得ていた。

しきりに生徒たちに「読書」を勧める国語の先生も、その生徒に自分など足元にもおよばない「読み」の力がある、ということを知ったら、決してこころよくは思わないということも。

じつにイヤな早熟ぶりではあるが、彼女は十三歳にして早々に大人を見切っていたのだ。世間の良識に対して鼻をつまんでいた。

だから、その日、柵木沙耶希が、つい図書室の先生に「実存」などという言葉を口走ってしまったのは、彼女にも似あわない迂闊《うかつ》さというべきだった。いつもの彼女であれば、相手が国語教師

──しかも内心バカにしている──であればなおさらのこと、いつにも増して慎重にふるまい、まずは「実存」などという言葉は口に出したりはしないのだが。

うっかり口に出してしまった。

けれども、それに対して、その国語教師が「そうか、実存か、サルトルだ」と賢《さか》しらげにうなずいたのには失笑させられた。「実存」といえば反射的にサルトルと短絡してしまう国語教師の軽薄さが、ただもうやりきれなかった。

じつは沙耶希が「実存」という言葉を心にとどめるようになったのは、すでに故人となったSF作家の遺作に接してからのことだった。遺作であり、未完の大作であり、あまり世に知られていない作品といっていいかもしれない。ましてや、その国語教師はSFなど頭からバカにしていたから、その作家の作品など一作も読んだことがないだろう。

もっとも沙耶希にしても、ふだん、あまりSFやラノベは手にすることがない。べつだんバカにしているわけでもなければ、興味がないわけでもないのだが、ただ単純に他に読みたい本があまりに多すぎるからだった。どうしても優先順位が後ろに回ってしまう。

そんな彼女がそのSFを読むことになったのは──しかも大きな感銘を受けることになったのは──ある少年に感化されてのことだった。

少年の名は、

──マカミ……

という。

その少年の名を頭のなかでつぶやくだけでふしぎに甘ずっぱい感情が胸に湧いてくるのを覚える。

沙耶希の自己評価は、クールで、ニヒルというところだろう。子供のころから、およそ感情に動かされるということがなかった。——群れないし、超然としている。

そんな彼女が、どういうわけかマカミに対してだけは平然としていられなかった。胸が苦しいほどにドキドキしてしまうのだ。

もっとも彼女らしく、

——これが恋というものだろうか。でも恋って何だろう。あのマカミにほかの男の子たちとは違うどんなところがあるというんだろう？

非常に冷静に自分を観察しながらドキドキしてはいるのだが。

——そのSF作品のどこにそんなにも心惹かれるものを覚えたのか？　それはたぶん「人工実存《AE》」という存在が登場するからだろうと思う。

人工知能《AI》に「実存」が付与された超人工知性なのだという。そのAEが、五光年の彼方に出現した巨大未確認物体の正体を突きとめるために宇宙に旅立つ、というのが物語の根幹をなしている。

沙耶希はこの人工実存に刺激を受けて「実存」という言葉に興味を持ったのだった。——そのあとにサルトルを読み、カミュを読んだ。

国語教師が示唆《しさ》したように、たしかに「実存」という言葉は、戦後一時代をかくした「実存主義者」と呼ばれるフランス文学・哲学者たちから日本に入ってきたもののようだ。故人となったSF作家も同時代に青春を送った人のようだから、彼らから影響を受けたと考えて間違いないだろう。

ただ、マカミに言わせると、そのSF作家の「実存」に対する考え方には、フランスの実存主義者たちとは大きく隔たるところがあるのだという。むしろ逸脱《いつだつ》とさえ呼びたくなるような独特な視点を持っていると言うのだ。

思い出す。あの永遠の夏休み——

すでに日中の暑熱は薄らいで、涼しげな暮色のなか、学校のグラウンドにはもうほとんど誰も残っていない。影だけが濃かった。

　夕陽が射しているように錯覚されるのは、彼方、グラウンドの東に建つ校舎の窓が橙色に染まっていたという記憶が残されているからだ。何度も振り返ったが、西の空に夕陽は射していなかった。――いま思い返しても。そのことが何かとてもふしぎなことのように感じられるのだが。

　陸上部の練習を終えたわたしは、マカミと芝生のうえに二人並んで腰をおろしていた。短パンから出ている太股に芝生がチクチク刺さって、それが妙にマカミに対して恥ずかしかったのを覚えている。

　あるかなしかに風が吹いていて、わたしたちの頭上でかそけく木擦《こず》れのささやきを交わしていた。あれは何の樹だったろう？　あのときのことは何もかも鮮明に覚えているのにそれだけが記憶に残されていない。変だ。

　赤いトラックに引かれた二本の白い線が運動場の彼方、どこまでも平行に延びているように感じられた。どこまでいっても交わろうとしない。――まるで、こんなに近く肩を寄せあっているのに、無限に遠く感じられる、わたしたち二人のように。

　マカミは沙耶希に「人工実存」の話をして、「でも、あの作者の実存に関する考え方には、なにか独特なところがあるような気がするよ」と言った。

「独特なところ？」沙耶希はマカミの顔を見た。「どんな？」

「うん。フランスの実存主義者たちの考えは、結局は、自分などというものが本当にあるのか、という疑問に帰着するように思う。ぼくたちが、これこそが自分だと思い込んでいるものは、すべてあれやこれやの関係性の連鎖でしかないのではないか。そこにはどこにも自分などというものはない、というわけであってさ。自分があるように思うのは迷妄だ、すべてはあれやこれやの関係性が織りなす錯覚でしかない、ということなんだよ」

「だから――」と沙耶希が言う。「サルトルは彼の『嘔吐《おうと》』という小説のなかで、すべての関係性から解き放たれて、いわば実存が剥き出しになった木の根っこを見て、激しい吐き気に襲われるわけね」

言ったとたんに、それを軽く後悔した。

彼女は自分が「文学少女」であることを、どこかで恥じていた。

「でも、このSF作家はなんか違う。すべての関係性を取り除いたあと、それでもまだ人間には厳然として残るものがあるって信じてるようなんだ。そのSF作家にとっては、実存とは、宇宙とは何か、生命とは何か、などといった人間が青春期に感じる、感じずにはいられない、根源的な疑問であるようなんだ。中二病的な疑問といえばいいかな。このSF作家はどうも、人間の、限られた命のなかにあって、それでもそうした根元的な疑問に向かってつき進まずにいられない、その激しい好奇心、何物も妨げることができない強い衝動こそが『実存』そのものなのだ、と考えていたふしがある。こんな実存主義者はこのSF作家以外にはいないんじゃないかと思うよ」

「……」

「このSF作家の別の作品に、とある宇宙の特異領域に、進化から脱落した全生命体の墓場のようなところがあって、という設定の物語がある。特異領域だからどんな生命体もそこに入ることができない。それで、その特異領域のなかに、やはり主人公がコピーされた『人工実存』――この作品ではそうは書かれてない、たんに分身と呼ばれている――が探査しにいく、という物語がある。その、進化に失敗した生命体たちは、創造主に向かって『進化は正義なのか』『この宇宙は正義なのか』と問いかけるんだ。どうして進化に生き残ることができなかったというだけのことで、自分たちの存在が全面的に否定されなければならないのか、存在を抹消されなければならないのか……そもそも進化はたんなる偶然の結果にすぎなくて、そこに正義だの悪だのという概念が介入する余地はないわけなんだけど――この作家はそうは考えないんだ。こんなところにもこのSF作家の『実存』に対する独特のアプローチがあるように感じるよ」

沙耶希には、マカミはどちらかというと平凡な少年だった、という印象が残っている。

とりたててハンサムでもなければ、ブ男でもなかった。銀髪が一筋。スポーツも、勉強もとりわけ得意でもなければ、不得意でもない。クラスの人気者ではないが、まったく目立たないというほどでもない……それなのに、どうして沙耶希はあんなにもマカミのことが好きだったのだろう？

いまになってもそのことが理解できずにいる。

沙耶希のような少女が好きになるだけの理由がないように思うのだが。――そのことがふしぎでならないし、あのグラウンドの一日にかぎって、マカミから平凡な少年という印象が払拭《ふっしょく》されているように感じられるのも、やはりふしぎな気がしてならない。そもそも平凡な少年が「実存」などということを口にしたりするものだろうか。

なにか記憶にとんでもない齟齬があるように感じる。どこかボタンのかけちがえがあるような気がしてならないのだ。

第一、そのあと二人の関係がどうなったのか、交際がつづいたのか、あるいは別れたのか、それをどうしても想い出すことができずにいるのだ。

沙耶希にとってマカミとのことほど大切な思い出はないはずなのに。絶対に忘れたりできないことのはずなのに……

ただ、好きだ、という思いだけがきわだつように残されている。これってどう考えても不自然ではないだろうか？　こんなことって絶対にありえない。

その記憶の不可解さが沙耶希になおさら「実存」というもののあいまいさを認識させるようになる。自分などというものが本当に実在するのだろうか、という疑問が強い。

はっきりそうと意識してはいないのだが、どうも沙耶希にあっては、マカミと「実存」について話したことが一種のトラウマのようになってしまっているらしいのだ。

マカミとはもう二度と会うことはないのだろうか。別れた記憶さえろくにないのだから自分たちが再会できるかどうかなどわかりうるはずがない。

ただマカミの不可解な言葉だけが鮮明に——しかし、それがいつ、どんなときに言われたのかさえわからずに——記憶に刻み込まれている。それはこういうものだった。

——ブフメガスが二度鳴くまえにきみたちは三度ぼくを知らないっていうはずだよ。

多読家の沙耶希のことだ。これが新約聖書のなかの一節であることは知っている。

イエスの弟子の一人が、イエスが祭司長や群衆に捕らわれたのち、街の人たちから「あなたはナザレのイエスと一緒にいた人ではないか」と三度問われ、三度ともにそれを否定する、という逸話《いつわ》が書かれている。

しかもそのことはすでにイエスによって予言されていたのだ。

これがつまりこの言葉なのだった。

ほんとうにマカミは別れぎわにそんなことを言ったのだろうか。言ったのだとしたら何のために？　なにか記憶の混乱が生じているようにも感じる。それに――

実際にはそれは「鶏」という言葉ではなかったようにも思う。それがどんな意味だかもわからないし、意味さえ知れない言葉をどうして覚えているのかも不可解なのだが、それは……

――ブフメガスが二度鳴くまえにきみたちは……

という言葉だったように思う。

ブフメガスって何だろう。どうしてきみたちなんだろう？　きみたちって誰のことなのか。なにしろ、わからないことばかりなのだった。

12

……こうした記憶のあいまいさがますます沙耶希に「実存」というものの不確かを実感させることとなった。

現代思想、とりわけ構造主義においては、確固たる自分というものは否定されることが多い。すべては構造として、あるいは関係性として了解され、そこでは確立された自己などというものはおおむね否定されることになる……ありとあらゆる本をそれこそ実存的なまでにむさぼりつくす沙耶希のことだ。現代思想に関連する本も読まないではなかった。

が、それよりは体内に常駐する細菌叢の存在を知ったときのほうが、「自分という実存はないのではないか」ということをより鮮烈に実感することができたように思う。

——人間は体内に百兆もの微生物から成るマイクロバイオーム生態系を形成している。しかもそれら微生物のゲノムは人間のDNAのおよそ百倍もの遺伝子を有している……

という知識を得たことでなおさら自分という存在に関して懐疑《かいぎ》的になった。「実存」などというものがあるのを信じられないようになってしまった。

沙耶希は自分でも、わたしって淫乱かも、と疑うまでに、奔放《ほんぽう》な性体験を重ねている。けれどもそれは、まわりの人間がそうと信じているように、女を武器にキャリアを積みあげようとしているわけでもなければ、キャスターという仕事にことさら執着しているわけでもない。ましてや淫乱などであろうはずがない。

いや、すこしはそうかもしれない。自分としては、健康な性欲につき動かされている、と思いたいところだが。

せめて、そんなことでもしなければ、自分という「実存」を肌に感じることができない。生きているリアルを感じとることができずにいる……

そして——

柵木沙耶希は実存少女サヤキになった。

実世界環境からマイクロバイオーム環境に反転《フリップ》したのだった。

反転して最初にサヤキが目にしたのはウユウとニラカがヨハネの翼にからめ捕られている光景だった。

二人ともピクリとも身動きできずにいる。

彼女たちにマカミが言った「きみたち」なのだ……そのことがありありと実感された。わたしの同類であるクトゥルフ少女たちなのだと——

「んモー、ドジなんだから」

二人に向かって跳躍した。

彼女は左の上腕《じょうわん》から手にかけて包帯のようなものを巻いている。首からそれを吊っているので左手を骨折したかのように見える。もちろん骨折したのでもなければ、そもそもそれは包帯ですらないのだが。

「ハッ！」

声をあげる。左手を大きく振った。

まるで繭《まゆ》が末端からほどけるようにスルスルと包帯がほぐれた。見るまに数本の鞭のようになった。ひろがって伸びた。大きく弧をえがいた。ヨハネの翼にクルクルとからみついた。

ウユウは槍を、ニラカは剣を、そしてサヤキは鞭を使う。このときもサヤキはウユウたちを助けるつもりで鞭を振るった。たんにヨハネを牽制《けんせい》するつもりだったのだ。が、それが思いもよらない結果を招くこととなった。

サヤキはヨハネの「心」を読んだのだった。

腸内のマイクロバイオームはその人の「心」にまで強い影響を及ぼさずにはおかない。

それらの遺伝子群が、たとえばセロトニンを運搬するタンパク質を生産しているからだ。

セロトニンはドーパミンやノルアドレナリンなどの感情的な情報をコントロールしている。さらに脳内のパターン形成機構にも関与している……つまり、ある意味で「心」を創出しているといっていいのだ。

これは、それまでサヤキ自身もはっきりと認識していないことだった。

が、サヤキの鞭は、ヨハネの翼と同じ、擬似的な微小ニューロン細胞から構成されているのだ。微小組織が繊細なレースのように編みあげられていた。

擬似的、というのは、現実のニューロン細胞はここまで小さくはないからだ。なにしろ一ミリの十万分の一のナノ・サイズなのだ。ほとんどタンパク質や核酸のサイズに近い。

それが何重にも編みあげられ、それこそ擬似的な神経ネットのようになっているのだった。ここではそれをとりあえず神経繊維と呼ぶことにしよう。

マイクロバイオームは人によってそれぞれ微生物・細菌の構成比が違う。まるで指紋のように、あるいは網膜パターンのように――一人ひとり完全に異なるのだ。

当然、そのマイクロバイオーム生態系から表現される「心」のありようも違ってくる。

ウユウはエレクトロソームを、ニラカは細菌《バクテリア》・集光性複合体《ライト・ハーベスティング・コンプレックス》をそれぞれにあやつることができる。

そしてサヤキはさながら、次世代シーケンサーのように、ゲノム配列を高速解読することができるのだ。

他者のマイクロバイオーム含有・遺伝子が表現する「心」を瞬時のうちに読み取ることができる。あるいは遺伝子的なテレパシー能力といってもいいかもしれない。

これまでサヤキはそんな自分の能力を知らずにいた。マイクロバイオーム環境にある遺伝子群を介して、人の感情、思考をありありと読み取ることができるなどとは夢にも思っていなかった。

このとき偶然に、鞭が翼にからみつき、たがいの神経繊維がじかに接したからこそ、思いがけなくそのことがわかった。

さすがに読書好きのサヤキなればこそだが、晴天の霹靂《へきれき》、という古風な言葉が頭に浮かんだほどだった。

それほど思いがけないことだったのだ。

と同時に、新たな疑問が幾つか頭に浮かんでもきた。

そのなかには、どうして自分たちがマイクロバイオーム環境に適応して少女に変身したりするのか、という疑問もある。

が、それよりさらに根本的な疑問というべきは
――

それがなぜアニメのクトゥルフ少女なのか。アニメの戦闘美少女、魔法少女でなければならないのか。

というものだった。

だっておかしいだろう。

生身の人間がアニメの戦闘美少女とか魔法少女に変身するというのはどういうことなのか。不条理でもあり、ナンセンスでもあり、それ以上にあまりに馬鹿ばかしすぎはしないだろうか。

――何だよ、これ。ワケわかんないし。

その疑問があるかぎり、サヤキは自分が戦っているこの世界をまじめなものとして受け入れることができない。クトゥルフ少女という自分の存在を真摯に受け入れることができないのだった。

13

いま、サヤキはその疑問の解答を、ヨハネのマイクロバイオーム環境から読み解こうとしている。

もしかしたら、これはヨハネがわざと伝えようとしたのではないか、と後になってふとそうも思ったりした。

どうしてヨハネにそんな必要があったのか？

それはサヤキにもわからないことではあったが。

とにかく、そのときサヤキのなかにドッと音をたててあふれるように、ありとあらゆる情報が一気に流れ込んできたのだった。

じつは、サヤキたちがアニメの『クトゥルフ少女戦隊』を模しているのではない。唐突にそのことがわかった。そうではなく、遺伝子レベルでの「進化」が、なかば自動的にアニメを模倣しているのだ、と。

遺伝子レベルでの「進化」がアニメを模倣する。そして、またさらにその現実がアニメに反映される……

それはじつに驚嘆すべき、ほとんど荒唐無稽としか思えない——しかし、にもかかわらず、まぎれもない事実なのだった。

——えーッ！

そのあまりの意外さ、というか突拍子もなさに、思わず驚きの声をあげていた。

その声に重なるようにして、ヨハネの笑い声がマイクロバイオーム環境の虚空に高らかに響きわたる……

もちろん、それは現実の笑い声ではない。

むしろヨハネのマイクロバイオーム環境の遺伝子群が表現される、そのざわめきのようなものと考えたほうがいいかもしれない。

遺伝子型から表現型に翻訳《ほんやく》されるときの音が聞こえた。

そのざわめきは「思考」をなした。堰を切ったように一気にサヤキのなかに流れ込んできた。

サヤキの遺伝子解読超能力《テレクエシング》がそこからおびただしい遺伝情報を抽出した。つまり、すべてを読み込んだ。

それはとりわけ、

——遺伝子レベルでの「進化」がアニメを模倣する、とはどういうことなのか？

という情報に集中した。

その情報を大量に抽出した。

まずサヤキのテレクエシングに感応《かんのう》されたのは「アニメリー」という言葉だった。

すべてはアニメリーによって説明される……と了解された。――〝Animery〟、だ。

一般に、ある法則や理論にてらして、異常で、説明のつかない事象や現象をアノマリーと呼ぶ。それをアニメと合成したのがこの「アニメリー」という言葉なのだった。

アニメリーとは何なのか？

これを理解するには現代の「進化論」の主流をなしているネオ・ダーウィニズムを、そのバックグラウンドとして理解する必要があるだろう。

過去のラマルク進化論では、「生物がよく使用する器官は発達し使わない器官は退化するという『用不用説』」と、「それによって得た形質が遺伝するという『獲得形質の遺伝』」の二つが主要な理論とされた。

が、ネオ・ダーウィニズムにあってはこの二つの説はともに明確に否定されることになった。

「用不用説」はナンセンスだし、ましてやそのことによって獲得された形質が遺伝子レベルに影響をおよぼすなどということは絶対にありえない、というのだ。

ネオ・ダーウィニズムでは遺伝子レベルから生体レベルへの影響はあってもその逆はありえないとされる。

生体レベルと遺伝子レベルとの関係は、つねに遺伝子レベルから生体レベルへの一方向の影響のみであり、「非対称的」なものとされる。

これは遺伝子の「自発的対称性の破れ」と呼ばれる。

これこそがネオ・ダーウィニズムにおける絶対

的なドグマなのだといっていい。

　このセントラル・ドグマに例外はない、はずだったのだが――

　ここにネオ・ダーウィニズムに代わるクトゥルフ・ラマルキズムと呼ばれる新説が浮上してきたのだった。

　生体レベルから遺伝子レベルへの「逆影響」が実証された。例外的に、生体が実環境から受けるさまざまな刺激が遺伝子レベルに搬送されることが実証された。

　生体レベルで「獲得」され、遺伝子レベルに搬送される――それを感作、発動し、制御するのが、すなわち「アニメリー」という進化因子なのだった。

　これは偶然なのだろうか。

　だとしたら、奇妙な偶然としか言いようがないが――


　素粒子のクォークにチャームとストレンジという族がある。進化因子にもこれに相当する「かわいい《チャーム》」と「キモい《ストレンジ》」が存在する。

　とりわけ日本人、それもオタクと称される個体群のなかに、アニメリー進化因子を発現させる者が多いらしい。

　生体レベルでの外的な刺激（それも主にアニメ、ラノベ、ゲームなど二次元的なものが多いとされる）を受けて、アニメリーがそれを敏感に感作、受容する。

　そのうえでそれを遺伝子レベルでの進化的動態にと搬送するのだ。

「かわいい」は視覚受容されることが多いのだという。それに比して「キモい」は嗅覚受容されることが多いらしい。

　いずれも遺伝子重複を呼び起こして――つまり同じ遺伝子が重複して二つ《ダブル》になる――大規模な

「多重かわいい遺伝子族」、「多重キモい遺伝子族」を形成する。

しかもそれらは通常の中立遺伝子の「浮動固定速度」をはるかに超える速度で同種内に拡散する。

――つまり非常な速さで蓄積されるのだ。

――どうして「セカイ系」物語では、いつも少年は無力でありつづけられ、少女たちは過酷な戦闘を強いられつづけるのか？

どうして「ハーレム系」物語では、何の才能も魅力もない少年が何人もの美少女たちに一途に思いを寄せられるのか？

どうして「残念」なキャラがいて、「ヤンデレ」あるいは「ツンデレ」なキャラがいるのか？

なにより、こうした物語における「永遠の夏休み」とは何のメタファーなのか？

アニメ、ラノベ、ゲームのこうした「お約束」は、それを説明する言説を頭から受けつけようとしない。その世界のなかでそれらが説明されることはほとんどないし、その世界の外側に属する観賞者、読者、プレイヤーによっても、そうしたありようは当然のことのように受け入れられ、それが考察されることは皆無といっていい。

原理的にそうなっているからそうなっているのだ、とのみ了解されて、そのことの不可解さ、不条理さが追求されることはまずないのだった。

が、いま、サヤキにはこれらはすべてアニメリー進化因子が、遺伝子レベルにおいて表現されたものだということが手にとるようにわかった。

そもそも遺伝には、それがそうなっていくだけの必然性などないのだろう。理由もなければ正邪の概念もないのかもしれない。

あの「人工実存《AE》」を希求したSF作家のように、「進化は正義なのか」と問うこと自体がすでにナンセンスなのだろう。たんにDNAの塩基配列がそうなっているから、そのようにRNA転写され、タンパク質翻訳されるというにすぎない。

たぶん「かわいい」に感作される視覚遺伝子受容体は「愛」に敏感なのだろう。

その「多重かわいい遺伝子族」が特化されたものが「クトゥルフ少女」なのではないか。

クトゥルフ少女は「かわいい」の純粋型なのかもしれない。

そして、おそらく「キモい」に感作される嗅覚遺伝子受容体は「恐怖」に敏感なのではないか。それが「多重キモい遺伝子族」に導かれて「クトゥルフ」に特化する――そういうことなのではないだろうか。

――そう、そういうことなのね。

サヤキは自分自身にうなずいた。

――これでクトゥルフ少女が何なのかはわかった。

いや、わかった、というのからはほど遠いかもしれないけど――と急いで心のなかで訂正して――少なくともそれがどんなものであるのかの見当はついたように思う
人間――とりわけ日本人の男に特化されるらしいのだが――が生体レベルにおいて、アニメ、ラノベ、ゲーム、アイドルなどの「かわいい《チャーム》」に触れると、転写因子のアニメリーが感作し、「かわいい」遺伝子が発動される。

つまり、ここにネオ・ダーウィニズムにおいては明確に否定されているはずの「生態レベルから遺伝子レベルへの逆影響」が生じるわけなのだろう。

生体レベルでの「かわいい」に対する感作から遺伝子レベルで「クトゥルフ少女」が発現されるのはこれで大体わかるのだが。

わからないのは――

生体レベルでの「キモい」に感作され、遺伝子レベルで発現されるクトゥルフが何なのか、ということなのだ。

「どうしてクト、ゥ、ル、フ爆発なのか。どうしてク、、、、トゥルフ・ラマルキズムなのか？　ここでいわれるクトゥルフとは何のことなのか。

そしていま、哄笑《こうしょう》しているヨハネは、飛翔型バイソラックス表現型が「キモい」に感作され、特権的に「恐怖駆動進化」したものなのだろう。その行き着く先にもやはり「クトゥルフ」が待ちかまえているのにちがいない、ということを予感させた。

サヤキがヨハネのマイクロバイオーム環境を読み取るのと同様に、ヨハネのほうでもサヤキのマイクロバイオーム環境を読み込んでいるはずだった。

それにしても、このヨハネというバイソラックスが何者（何物？）なのかわからないのが気になる。

その一体装甲型仕様《フルメタル》、重火器装備仕様は、たしかに重戦車なみの戦闘力を有しているが、それ以上に強靭な知性と精神性をあわせ持っている。

優れた戦闘能力と、優れた精神性……ヨハネにあってはその両者が無理なく一つに溶けあっているようだ。——そのことがこのヨハネに、ほかのバイソラックスにはない独特の個性と強さをもたらしている。

サヤキはそのことをいやというほど思い知らされることになる……

14

マイクロバイオーム環境の内部時間にして百モ

エというところか。

主観時間にして三十秒、実時間にして十ミリ秒——要するに、ほんの一瞬のことだ。

サヤキの鞭と、ヨハネの翼が触れあったそのほんの一瞬に、サヤキはこれだけ大量の情報を抽出したのだった。

サヤキの能力はたんに相手のマイクロバイオームのゲノム情報を解読することのみにとどまらない。塩基配列を随意に選んでそれを活性化させることもできる。

遺伝子解読超能力《テレクエシング》というとたんなる（たんなる!?）テレパシーのように聞こえるかもしれないが、そうとばかりも限らない。相手の〈思考〉や〈感情〉をあやつることも可能なのだ。

が、それも相手による。

相手が人間なら、直感的にそのマイクロバイオーム・細菌叢の塩基配列をほぼ正確に読み取ることができる。

ゴキブリやマウスにしても、かなりの部分、人間とマイクロバイオーム構成・微生物が共通しているため、不正確にではあるが、その「心」を読むことが可能だ。

しかし飛翔型バイソラックス表現型——それも戦闘型に特化したヨハネだ——となるとそのマイクロバイオーム生態系は人間のそれとは大きく異なるはずだ。

ただ塩基配列を解読するだけならともかく、それを活性化し、その発現をコントロールするのは、いささかサヤキの手に余る。ほとんど不可能といっていい。

——抽出すべき重要な情報はすべて読み取った……

そう判断するなりサヤキの能力が無意識のうちに動いた。それもじかにヨハネに向けられるのではなしに、ウユウ、ニラカのマイクロバイオームをバイパスのように迂回したのだ。

ウユウの磁性細菌には、細胞内に鉄分を取り込ませて磁気微粒子の結晶を合成させた。瞬時のうちにそれら結晶を鎖状に並べて、ナノ磁石を大量合成させたのだ。

一方、ニラカの細菌集光性複合体には、光感受性タンパク質を発現させた。紫外線の閃光を放射させ、それをヨハネの巨大繊維系ニューロンに照射させた。

「おれのエレクトロソームに何すんだよ」

「わたしのバクテリア・ライト・ハーベストに何するつもりなのさ」

二人の抗議する声が——すぼんだ翼のなかから——か細く、あいついで聞こえてきたが、いまのサヤキにはそれに応じている余裕はなかった。

なにしろとてつもなく緻密《ちみつ》で繊細な操作を要する作業なのだ。ほかのことに神経を配るゆとりなどあろうはずがなかった。

ヨハネのニューロンに紫外線を照射して、インパルス発火をオンにしたりオフにしたりするのをくり返す。大量のナノ磁石を電磁気コイルにして、ニューロン回路《サーキット》を、こちらが望むパターンを形成するように誘導する……

それによってヨハネの〈心〉をコントロールしようとした。具体的にはそのすぼめた翼からウユウとニラカを解放させようとしたのだ。

うまくいくとは思っていなかった。

マイクロバイオームの細菌・微生物群のＤＮＡ情報を解読するのも、それを選択的に発現させて〈心〉をあやつるのも、サヤキにとってはいわば生物が呼吸するようなもので何の努力も要さずにできることだった。

が、ウユウのエレクトロソーム、ニラカのバクテリア・ハーベストを介して、相手のニューロンに働きかけるというのは、サヤキの所与の能力にはないことなのだ。

ヨハネの細菌叢を構成する微生物・細菌群は、サヤキのそれとは大きく種類、構成比を異にしており、どうにかそれを解読することはできても、あやつることまではとうてい不可能だった。

これはそのことから強いられたいわば苦肉の策といっていい。——万に一つも成功する可能性などなかった。

が、それが成功したのだ。

ふいにヨハネがガクリと膝を折って地にくずれた。深々とうなだれた。それと同時に——

ヨハネの翼が、掃除を終えたクリーナーのコードのように、するすると背中に引き込まれていったのだ。

そのなかからウユウとニラカの二人が転がるように飛び出してきた。

当然といえば当然だが二人とも息も絶えだえの状態だった。

なかでもニラカはひどい。立ちあがるどころか、顔をあげさえしない。うつ伏せになったまま動こうとしない。

その弱々しい息づかいに、かすかに肩が上下しているのを見なければ、死んでいるのではないか、と疑ったかもしれない。

眼鏡のレンズが砕けて彼女の頭のまわりに散っていた。それがまるで骨の破片のように見えた。

ウユウはよろよろと立ちあがった。ニラカを見た。一瞬、その顔が凍りついたかのように無表情になった。

——怒り。

だろうか？　ということは……

——ウユウはニラカに仲間としてのシンパシー

を抱いてるわけ？　これってそういうこと？

サヤキにはそれが何かとても意外なことのように感じられた。正直、ウユウの気持ちをはかりかねた。

――ウユウはほんとうにニラカやわたしのことを仲間と思ってくれてるのか。

わたしたちのような存在にも友情とか同志愛といった意識が芽生えることが可能ということなのか。わたしたち、それこそアニメのセル画のように薄っぺらな存在にも……

「んなろ！　舐めやがって」

ウユウは槍を頭上に振りかざし、ヨハネに迫ろうとした。怒り狂っていた。

それを見たとき、ふいにサヤキの胸に霜《しも》のように冷たい思いがひろがったのだ。悪い予感、というより、なにか真っ黒な、まがまがしいものにリアルに触れた気がした。胸が凍りついた。

「待って、ウユウ！」

思わずサヤキはそう叫んでいた。声をかぎりに、必死に、といおうか。ヨハネがウユウを誘っているのに気づいたからだ。これは罠だ。

が、それに気がつくのが遅かった。あまりに、そう、文字どおり致命的なまでに遅かったのだ。

ヨハネが笑った。

低い、どちらかというと静かな笑い声だが、ふしぎに耳に残った。

スッと立ちあがると、切れ目のない、一連の滑らかな動作で、そのハンド・ガンを撃った。

ヨハネのハンド・ガンは字義どおりに手がそのまま銃火器に変わる。しかも情況に応じて、ときにショットガンにもなり、ときに拳銃にも小銃にもなるらしい。

生きた三Dプリンターというところか。体内に分泌される鉄分と燃焼物質が自在に成分比を変えるということのようだ。

今度はショットガンの散弾ではなかった。大口径の強装弾のようだ。凄まじいまでの殺傷力を持っている。それをまるでドラムを連打するようにたてつづけに撃った。

ウユウの体が着弾のショックで後方に飛ばされた。まだ宙を飛んでいるうちに何発も被弾した。そのたびごとに手足をバラバラに踊らせる。

血ばかりか、骨のカケラまでもが宙に飛び散る。地上に落ちたときにはほとんど血まみれのずだ袋のようになっていた。ピクリとも身動きしなかった。

——ウユウ……

あらためて見てみると、ヨハネは翼をすぼめてなどいない。その翼はあいかわらず空を覆う雲のように天上にひろがって揺れていた。それなのに、どうして翼をすぼめて、ウユウやニラカを解放したなどと錯覚したのか。

——いや、違う、これは錯覚なんかじゃない。

唐突にそのことに気がついた。

自分はだまされていたのだ……という苦い思いを噛みしめる。

サヤキはヨハネの脳ニューロンを操作しているつもりでいたが、じつはそう思わせるように、ヨハネのほうで彼女の脳を操作していたのにちがいない。

いわば思考（ニューロン回路形成制御）コントロールのカウンターをくらっていたのだった。

すべてはヨハネの手の内で動いていたにすぎなかった。

——もしかしたら自分はヨハネにからかわれていたのかもしれない。

とさえ思う。

しょせんヨハネはクトゥルフ少女なんかが太刀

打ちできる相手ではなかったということなのか。

サヤキの胸に敗北感が鉛のように重くのしかかった。いや、むしろそれは絶望感といったほうがいいかもしれない。

「お遊びはこれぐらいにしようか」

ヨハネがサヤキのほうに踏み出しながらそう言った。

「言ってくれるじゃない。お遊びか。たしかに『進化』なんてお遊びかもしれないわね。四十五億年のお遊びだ」

急に度胸がすわるのを覚えた。追いつめられるといつもこうなる。美しく、淫乱で、怜悧《れいり》で、ふてぶてしい柵木沙耶希の度胸だ。

考えてみればこれだけを武器に男社会のマスコミを一人で生き抜いてきた。何でいまさらゴキブリなんか怖いものか、どうなったって知ったことか、と思う。

「それじゃ教えてくれないかしら？　そのお遊びにどうしてあなたはこんなに一生懸命になってるの？　ねえ、ゴキブリちゃん――って呼んだんじゃマズいか。あなたはバイソラックスだもんね。バイソラックスって」

何だっけ、と訊こうと思って、すでに自分がそれを知っているのに気がつく。

いや、たぶん知っているのではなくて、ヨハネがマイクロバイオームを介して知らせてきたのにちがいない。

バイソラックスというのはショウジョウバエの複合遺伝子の一つだ。腹胸部の体節の発生を制御するのだという。同じ遺伝子が種によって異なる表現になる。ゴキブリにあってはその複合遺伝子が翅の特化発達にかかわるということのようだ。

バイソラックスが何か、ということはもう尋ねる必要がない。その話は済んだこととして話を先に進めよう。

　サヤキは、教えて欲しいんだけどさ、と言って、ヨハネの顔を見て、

「どうしてあなたはこんなに一生懸命わたしたちクトゥルフ少女を滅ぼそうとしてるわけ？　どうしてあなたたちバイソラックスはゴキブリ種をこんなにやっきになって滅ぼそうとしてるのかな。わからないよ。どちらにせよ飛翔能力が退化したゴキブリ種なんか、あなたたちバイソラックスの敵じゃないでしょうに。何もあなたたちがこんなにやっきにならなくたって、いずれゴキブリ種は滅びる運命にあるんじゃないかしら。どのみち同じことなんじゃないかしら」

　いまのサヤキはゴキブリが滅びようが生きのびようがどうでもいい。それが数千万年の時間スパンでのことだからどうでもいいのではなしに、そもそものことに原理的に何の関心もないのだ。

たぶん彼女が実存少女というのはそういうことなのだろう。

　それよりも関心があるのは、ヨハネとは何物（何者？）なのかということであり、クトゥルフ爆発のクトゥルフとはいったい何なのか、ということなのだ。

「あなたって何者なの」だからこう尋ねずにはいられない。「あなたって何？」

「わたしは最初から自分が何者なのか名乗っている」それに対してヨハネはあたかもそれが当然のことのようにこう答えたのだった。「わたしは悪魔だ」

15

「悪魔？」

一瞬、笑おうとして、ヨハネの顔を見て、その笑いがこわばった。

ヨハネが嘘を言っているのでも冗談を言っているのでもないことに気がついたからだ。それどころかヨハネがほんとうに悪魔であることに気がついた。

なのに、どうしてもそれを事実として受け入れることができずに、ついこんな妙な質問をしてしまう。

「どうして、あなたは悪魔なの」

「神がいる以上」とこれがヨハネの答えだ。「悪魔も必要だからに決まってるじゃないか」

「だからどうしてなの？　どうしてそんなふうになってるの」

自分がまるで子供のような口のきき方をしているのはわかっていた。それも聞き分けの悪いダダッ子のように、だ。

わかっていながら、そんなふうに質問を重ねずにはいられない。——もっとも彼らはたがいの細菌叢に含まれた遺伝子を解読しあっているだけで、実際に言葉を交わしているわけではないのだが。

「わたしが悪魔で」ヨハネはサヤキの質問をはぐらかすように言った。「クトゥルフは『進化』で、神だからさ。つまり進化は神なのだから」

「クトゥルフが進化で神……進化が神……」

クトゥルフが神というのはそれなりに理解できる。たしか、ラヴクラフトが創造した「クトゥルフ神話」では、クトゥルフは太古に宇宙から地球に飛来した邪神の名称であったはずなのだから。

が、「進化」が神というのはどういう意味だろう。この「悪魔」は何を言っているのだろう。

「いまとなっては、ラヴクラフトが何に気がついたのか、どうしてそれをクトゥルフと呼ぶようになったのかはわからない。ラヴクラフトはそれを自分の作家的想像力がたまたま実を結んだものと考えていたようだが、たぶんそうではない。おそらく作家の本能のようなものが働いたのだろうと思う。無意識のうちに真実の一端に触れていた。

ラヴクラフトは自分でもそうと気づかずに、何かに接したのだろうと思う。それで遺伝子が感作され、クトゥルフというアイディアとして表現されることになった……おそらく、そういうことだったのではないか。彼が何に接したのかはわからない。人間の言葉では表現することもできない。それはもともと人間には発音することができないものだったのだから。憑依言語でしか言いあらわすことができないものだったのだから。

ラヴクラフトのクトゥルフ神話がどうしてこんなにも何人、何十人もの作家に語りつがれ、書きつがれることになったのか。クトゥルフがどうしてこんなふうに一種のポップ神話として世にもてはやされることになったのか？　それはこの世界の裏側に――あるいはこの世界の外側に――人間の言葉では発音することができず、仮にクトゥルフと呼ばれるようになった何物かが実在しているからではないか。

その何物かには、人間の、あるいはゴキブリ、マウスの体内マイクロバイオームに共通して宿る――いまはまだ特定されずにいる――微生物の遺伝子スイッチをオンにする作用があるのだろうと思う。だからこそ彼ら複数の作家たちが、こんなにもラヴクラフト神話を語りついできたのだろうと思う。つまりクトゥルフ神話が語りつがれてきたそのこと自体が、『獲得形質の遺伝』であって、クトゥルフ進化そのものなのだろう。

われらのマイクロバイオーム環境にはある種の特殊な微生物群がいる。それら微生物のなかにクトゥルフ神話という思考――ある特定のニューロン回路発火――を表現する遺伝子がある。もっともクトゥルフ神話が発現されるのはその遺伝子表現型のいわば副産物のようなものでしかないのかもしれない。

実際にはそれら遺伝子群は、何千万年か後、クトゥルフ爆発が到来するときのために、遺伝子レベルでの準備を重ねているのにちがいない。クトゥルフ爆発ではありとあらゆる生命体の種が地滑り的変動を起こす。そのときのために遺伝子重複、複合、シャッフル、などのインフラ整備が進められているのではないだろうか。この世界の裏側、外側にいて、それらマイクロバイオーム環境の微生物に影響をおよぼし、それら遺伝子群を発現させる何物かというのがつまり――」

「クトゥルフ……神……そして進化……」

どうしてかサヤキは何か目をつぶりたいようなさし迫った思いにかられていた。噛みしめた歯の間から息を洩らすようにしてようやく言った。

そうだ、とヨハネはうなずき、こんなふうに考えたことはないか、と言う。

「進化を担うものとして、DNAとかタンパク質とかが発見、同定はされたが、そもそも進化そのものについては、それが何であるのかがまるでわかっていないのではないか、と――」

「進化そのもの……」

「そうだ、たとえば免疫系を例にとればわかりやすいかもしれない。たしかに、この世に免疫系ぐらい複雑にして精妙なネットワーク・システムはない。だが、その免疫系が何をするのかというと、自分でないものを認識して排除しているだけのことなのだ。これも自分ではない、あれも自分ではない、ということは認識できても、自分とは何なのか、は明証しようとはしない。たぶん、できない。

それは免疫系にとっては不可能なことなのだ。

　神経系にしても同じことが言える。神経系は、何かを考えたり、記憶したりはできるが、神経系そのものはニューロンネットワークを作ることができずにいる。つまり、考えたり、記憶したりするそれ自体が何であるかを明証《めいしょう》することができずにいる。

　進化、免疫系、神経系……これらは生命体すべてに普遍的で、重要な、いわばセントラル・システムなのだが、どれをとっても中心が空っぽであることが共通している。つねに非在であり、空虚なのだ。この非在、空虚から、だまし絵のように逆説的に浮かびあがってくるものがクトゥルフなのだといってもいいかもしれない。つまりクトゥルフとは、免疫システムがそうであるように、あれではない、これではない、という否定を重ねることでその存在をかろうじて暗示できるもの——『否定神学』、あるいは『否定進化』の果てに見えてくる何物かなのだろうと思う」

「非在……空虚……」

　実存少女であるサヤキには見過ごしにできない言葉だった。あの、すでに故人となったＳＦ作家が作中の人工実存《ＡＥ》に叫ばせた悲痛な言葉が——まるで実際に耳にしたかのように——頭のなかに聞こえてきた。

「進化は正義なのか！」と
が、進化そのものが非在であり、空虚なものなのだとしたら、その叫び自体も空しいものになりはしないだろうか。それに——

「かわいい《チャーム》」「キモい《ストレンジ》」を淘汰圧として、それらの発現、抑制のもとに稼働している「クトゥルフ進化」の中身が、じつはまったくの空っぽでしかない、とするヨハネの話をどう理解したらいいのか。

それはアニメ、ラノベのセカイ系、ハーレム系物語が内包する「不在」、「虚無」をよく説明できるものなのだろうか。

「否定神学……否定進化……」こめかみがズキズキと痛む。――いまにも何かがわかりそうでいて、もうすこしのところで指が届かないもどかしさがあった。「だけどそれはあなたが悪魔であるということの説明にはならないわ。あなたが悪魔であるのを証明したことにはならない」

「そうか。もう十分に証明したつもりだけどな。それでもわかってくれなかったか。だが、もういい。時間切れだ」

ヨハネが右腕を突きつける。一瞬のうちにそれがハンド・ガンに変わる。その銃口がタマゴを呑み込んだヘビの腹のように見るまに膨らんでいった。

サヤキ――いや、柵木沙耶希はキャスターという職業がら、できるだけ広範囲に知識を渉猟《しょうりょう》する習慣を身につけていた。

当然のことながら一つひとつの知識を掘り下げて学ぶだけの余裕はない。残念ながらその知識の浅さはそのままサヤキに引きつがれていた。

銃器についても、どうにか写真を見て、拳銃、ライフル、サブマシンガン、マシンガンの区別がつくぐらいの知識しかない。だからヨハネの右腕の形状変化を見ても、それが何であるかまではわからない。

が、その銃口の大きさ、銃身の太さから、それがたんなるライフルではないだろう、ぐらいのことは予想がついた。サブマシンガンでもなさそうだ。

ライフル、サブマシンガンでなければ何なのか？　銃器の資料をザッと見たときにグレネード・ランチャーという銃器を目にしたことがあるのを思い出した。

うろ覚えだが、何でも手榴弾《しゅりゅうだん》のように爆発する弾を発射する、ということだった。

もしグレネード・ランチャーだとしたら一発で粉々に吹き飛ばされてしまうだろう。この距離ではとうてい逃げきれない。ただその場に立ちすくんで撃たれるのを待っているほかはなかった。

――どうしよう。

考えるまでもないことだった。どうすることもできないのだ。

あらためて倒れているウユウとニラカの二人を見る。ウユウは血まみれだし、ニラカのほうもあいかわらず動こうとしない。これでサヤキが撃たれればクトゥルフ少女戦隊は全滅ということになるだろう。

――ううん、全滅なんかじゃない。クトゥルフ少女は四人のはずだから。もう一人、たしか究極少女のマナミという子がいるはず。

だけど、もう一人いるからといってそれが何だというのか？　サヤキは自問する。そのマナミというクトゥルフ少女はいまだに姿を現そうとしないではないか。

――わたしたち三人が死んだあとで、クトゥルフ少女がもう一人増えたからといって、それは文字どおりの手遅れでしかないわ。何の役にも立たない。つまるところ、ここにいる三人だけでどうにかするしかない。

――ここにいる三人だけで……

と、そのとき――

唐突に思いついたことがある。思いついたとたんにそれを後悔した。あまりにひどい思いつきだからだ。ひどいし、冷酷だ。

けれども、いったん思いついたことを頭から打ち消すことはできない。あとはそれを実行するかどうか、だ。

実行するとしたらどちらを選ぶ？　ウユウか、ニラカか？　一瞬、サヤキの視線が倒れている二人のあいだを往復する。

——ほんとうにクトゥルフ少女の仲間にそんな仕打ちができるのか。

自問した。できる、と頭のなかで即答する。

しなければならないのだ。なぜなら、ほかにサヤキが助かる道はないからだ。選択の余地はない。どちらにするか決断した。そうと決めた以上はもう迷わない。

「撃てばいいんじゃない」サヤキはヨハネを見つめながら静かに言う。「さっさと撃ちなよ」

ヨハネは一瞬、けげんそうにサヤキを見たが、すぐにうなずき、そうか、と自分自身につぶやくように言った。

「それじゃそうさせてもらおうか」

いきなり撃ってきた。

マイクロバイオーム環境の凝縮されたモエ時間のなかを銃火がゆっくりひらめいた。

煙がひろがる。

それを引きちぎるようにして弾頭が姿を現した。

魚雷のように急速に迫ってきた。

あらかじめ準備をしていなければ到底それに対処できなかったろう。

が、すでにサヤキはどちらにするか選んでいたし、そのマイクロバイオーム環境に含有された細菌群にアクセスもしていた。どの遺伝子を発現させればいいのかもおよその見当をつけていた。

一気にそれらを活性化させた。

すでに意識がない、というか、ほとんど死んでいたウユウの体が弾かれるように飛びあがった。両手をひろげるようにして弾丸のまえに立ちはだかる。命中した。

炸裂音とともに体がバラバラに引きちぎれた。血が驟雨《しゅうう》のように降りそそいで肉片が音をたてて
ばら撒かれた。

ウユウの体を盾がわりに使った。まだ息があったのに。

仲間を利用するにしてもこれほど鬼畜な所業はなかったろう。冷酷の一語に尽きる。

サヤキはどこまでも実際的、合理的にできていて、およそ情緒とか友愛などといったウエットなものからはほど遠い人間なのだが、さすがにこれには気が引けるのを覚えた。

が、ほかにヨハネの攻撃をかわす手段を思いつかなかった。せめてもの詫びに、ウユウの死をムダにしないことだ、という思いが強かった。

それには、ヨハネがウユウに気をとられている一瞬の隙に、すかさず反撃に打って出るしかないだろう。そのタイミングだけを懸命に測っていた。

だからウユウの体がバラバラに飛び散ったときにはもう高々と跳躍していた。ウユウの体を飛び越えて上空からヨハネに襲いかかろうと考えたのだった。

が、ヨハネのほうが一枚も二枚も上手だった。跳躍したサヤキの視界に入ってきたのはもう一発の弾丸なのだった。サヤキをめがけて仰角に上昇してきた。

その弾頭がありありとまがまがしい。サヤキに突きつけられた死に神の人さし指のように。

——何てこと！

ヨハネはあらかじめこのことを見越していたのにちがいない。ウユウの体が飛び散ったのを想定内のこととして間をおかずに二発目を撃っていたのだ。身をひるがえして逃げるにはもう遅すぎる。

着弾のショックが鈍く響いた。肉に食い込んで

きた。

　ああ、痛い、と思った。思ったときにはもう弾が炸裂して全身をバラバラに引き裂かれていた。

　妙なことに、最後の意識は頭にではなく、肩からもぎ取られた右腕に残されていたようだ。放物線をえがいて飛んでいく右腕に宿った意識が、ああ、これでわたしは死ぬのか、という未練を残したが、それもまたペシャッと音をたてて地に落ちたときには真っ暗にとぎれていた。

　サヤキは死んだ。ウユウも死んだ。ニラカが死ぬのも時間の問題だろう。

　これでクトゥルフ少女戦隊四人のうち三人がすでに死んだことになる。クトゥルフ少女隊はマイクロバイオーム環境に表現されるのとほとんど同時にほぼ全滅してしまったということだろうか。

　アニメの『クトゥルフ少女隊』がそうだったように始まるとすぐに――不人気のあまり――中止になってしまったということなのか。

　いや、しかし……

第三章　クトゥルフ爆発

1

ゴキブリ装甲表現型には、飛翔型バイソラックス表現型に特化したもの以外に、重戦車型ブフメガスに特化したものもある。

バイソラックスは、ゴキブリそれ自体が飛翔型に特化したものだが、ブフメガスは菌細胞内のブフネラが宿主とともに――遺伝子複合を重ねて巨大化することで――共進化したものなのだ。

ブフネラはアミノ酸を合成することで、ゴキブリの驚異的な繁殖力を支えている。そのために、ブフネラのほうも多くの遺伝子を失ってしまっている。菌細胞の外では生存できないまでに退化してしまったのだ。その意味では、ブフネラは（人間のミトコンドリアのように）すでに細胞小器官《オルガネラ》と化しているといっていい。

ブフネラはもとはアブラムシ（アリマキ）に共生していたが、いつからかゴキブリにも共生するようになった。人間の祖先とミトコンドリアとの共生が二十億年にもわたっているのに比して、ブフネラとゴキブリとの共生はわ、ず、か、に一億年から二億年ほどでしかないのだという。

現在種のゴキブリが、すでに三億年前の石炭紀には生存していたことを考えあわせると、この二億年という時間はいかにも短い。

ブフネラが細胞内に宿る以前のゴキブリは、アミノ酸を摂取せずにどうやって生きていたのだろう。栄養分に乏しい植物の師管液だけを餌としていたというのだろうか。それだけでどうやって旺《おう》盛《せい》に繁殖していたのか理屈にあわない。

理屈にあわないといえば……ブフネラのゲノムサイズは大腸菌の七分の一、わずか六百個ほどの遺伝子しか持っていない。じつに細胞膜を合成する遺伝子さえも喪失してしまっているのだというう。

そのくせゴキブリが必要とするアミノ酸合成にかかわる遺伝子は五十五個も持っているというのだ。矛盾している。この世に細胞膜を合成しえない生命体など存在するはずがないのだが。

奇妙なことに、こうしたブフネラの遺伝子欠如《けつじょ》は、べつの細菌から水平転移によって取り込まれた遺伝子によって補完されているようなのだ。べつの細菌から動物ゲノムに水平転移させたＤＮＡ断片を、そのまま遺伝子として機能させることができるらしい。

そのことと、時間的矛盾とをあわせ考えると——もしかしたらブフネラはそもそも生命体でさえないのかもしれない、と疑わざるをえない。

生命体でなければ何だというのだろう。なにかバイオ・デバイスのようなものか、それともナノマシンのようなものなのだろうか。

何物かが何らかの意図のもとに、ブフネラ・デバイス、あるいはブフネラ・マシンを筋細胞内に挿入《そうにゅう》して、そのオルガネラ・メカニズムを制御し、ゴキブリの進化動態を定方向に作為《さくい》誘導した……問題は、その何物かというのがいったい何なのか、ということなのだが。

それをクトゥルフと考えるのはあまりに突飛《とっぴ》すぎるだろうか。あまりにも妄想がすぎるか。

なにしろクトゥルフが何なのか、それすらはっきりとはわかっていないのだから……しかし……

現に、ブフネラの遺伝子が何重にも重複、複合することで、そこにブフメガスを特異的に高発現するモンスター・ゲノムが構造化されたのはまぎれもなしに事実なのだ。それを否定することはできない。

その結果——

鉄分を大量に吸収し、キチン質高分子外殻を鋼鉄に形成した、重戦車進化型ブフメガスが遺伝子的に発現された。

ブフネラの性能は人間の戦車のそれとほぼ同じと見ていい。兵士表現型バイソラックスが搭乗して操縦する。

もともとは細胞小器官《オルガネラ》だったものが遺伝子重複、複合化され、ブフメガスとして表現される。いわば馬のように家畜として馴致《くんち》されて乗りまわされるようになったわけだ。

動力はマグネトソーム磁気！

戦車なのだから武装されている。

燃焼物を体内合成するバイソラックスの特異進化がここでも存分に発揮されている。ブフメガスにおいては、それが口径七十五マイクロ戦車砲、口径八マイクロ車載機関銃として表現されているのだ。

その最大装甲厚は一ミリにも達する。

マイクロバイオーム環境がマイクロメートルのサイズで構成されていることを忘れてはならない。これを実世界環境サイズに置き換えると、じつに一メートル厚という現実にはありえない装甲厚に匹敵するのだ。

いま、そのオオチャバネ型重戦車《ブフメガス》が、重犯罪者を処刑地へと引致するのを先導しているのだった。

囚人をとりかこんで連行しているのは、兵士型に特化されたバイソラックスの千人隊——いわゆる「レギオン」たちなのだが……こうした場合に、戦車の出動が要請されるのが、この世界での恒例となっていた。

ブフメガスは車長（砲手）と操縦手の二人乗員になっている。

天井にはペリスコープ基部が設置されているが、その視界範囲は広くない。キューポラつきハッチが搭載されていないために、視界がかぎられてしまっているのだ。

後方を視認するためには、後部に開けられた観測孔《スリット》から外を見る以外にないわけだ。

いま、車長はスリットから後方を覗いているのだが——スリットはほとんど一筋の切れ込みのようなものでしかないから——視野が極端に狭い。

そのうえ、ブフメガスがもうもうと後方にホコリを舞いあがらせているために、なおさら視界が悪くなる。

その砂ボコリを透かしてかろうじて見ることができるのは——

囚人を連行する兵士たちが後方五十マイクロメートルほどを行進している光景だった。囚人を真ん中に挟んで隊列を組んでいるのだ。

その行進はキドロンの谷から処刑地のゴルゴタの丘までつづくはずである。

街道の両側には群衆が押し寄せている。なかにはバイソラックスも混じっているが、そのほとんどがゴキブリ通常種《ノーマラックス》が人間型に表現されたものだ。

どうして人間型に表現されているのかはわからない。どこにそんな必然性があるのだろう。いや、わからないといえば……

彼らがどうしてそんなに興奮しているのかがまずわからない。ほとんど熱狂しているといっていい。それも怒り狂っている。拳を突きあげ、口々に何事か大声でわめき散らしているのだ。まるで集団ヒステリーにみまわれたかのように。

行軍の先頭を歩いていた千人隊の隊長がふいに

足をとめる。槍を頭上に突きあげて大声で叫んだ。

「この者はおまえたちノーマラックス（ノーマル種）の王と自称した。おまえたちノーマラックスはこの者を自分たちの王と認めるか」

群衆がそれに呼応《こおう》して、認めない、認めない、と声をあわせて叫ぶ。それがいつしか、殺せ、殺せ、という合唱に変わる。狂ったように——

「そいつを殺せ、殺せ、十字架にかけろ、処刑しろ……」

そのヒステリックな叫びが大蛇がのたうつように街道を覆ってこだまするのだった。

そのどよめきを足下に聞き、群衆を眼下にのぞみながら——

「あそこよ」と究極少女マナミが言う。「下りて」

「本当にいいのか」

とモルフォニックが言う。その口調は懐疑的だ。モルフォはマナミがこのことにかかわるのにどちらかというと批判的だ。

「いいのよ」マナミはきっぱり言う。「いうとおりにして」

「わかった」

モルフォは滑空降下に転じた。——風を切る音がするどく耳をかすめる。

乾いて、赤っちゃけた町が、視界に迫り上がってくる。

野放図《のほうず》に、無秩序にひろがった町だ。

日干し煉瓦《れんが》が積まれ、粘土、頁岩《けつがん》が塗り重ねられた一軒一軒の家がしだいにくっきり見えてくる。

それらの屋根をモルフォの影が滑るようによぎる。

モルフォの影は徐々に大きくなっていった。

——これは現実の光景だろうか。

もちろん、そうではない。そうではないことは誰よりもよくマナミが承知している。というか、現実の光景などというものはないのだ。

　生命体レベルに照応される実世界環境はメートルを基本オーダーにしている。それに比して、マイクロバイオーム環境はマイクロメーターを基本にしている。両者のサイズはじつに六桁も隔たっている。

　どちらの環境に依拠《いきょ》するかで、世界はがらりと変わってしまう。どちらが正しいかなどと言えないし、ある意味、どちらも正しい。どちらも間違っている。

　——それにしても、この町はあまりに中東の町並みを連想させすぎるのではないか。

とマナミは思う。

　中東、正確には『聖書』時代のエルサレムの町並みを。

　もちろん、実世界環境でのマナミが実際にエルサレムの町（それも聖書時代の）など、見たことがあるはずがない。

　いずれハリウッドの映画か何かで見たセットの町並みからの連想にちがいないのだ。

　つまり、しょせんは虚構《きょこう》にすぎないわけなのだが——そんなことをいえば実世界環境で人が見る光景にしても、人間の感覚器官というフィルターをかけられ、意識という検閲《けんえつ》システムを透過させられた、いわば脳に再構成されたものでしかないわけで……くりかえす。唯一無二、現実の光景などというものはどこにもないのだ。

　その——

　ゴチャまぜの記憶がツギハギされ、細部を補完され、欠落部を補填《ほてん》され、さらに何重にも修正をかけられた、虚構のエルサレム、偽りの聖地の——

　その、とある尖塔《ミナレット》のうえにモルフォはふわりと着陸した。

七層のミナレット――

低層の家々がつらなる町並みのなか、そこかしこにこうした尖塔が建っていて、わずかに視線を垂直にさえぎる。

モスク、だろうか。

いや、このマイクロバイオーム環境にモスクなどというものがあろうはずがない。モスクのように錯覚される何かなのだろうが、それが何であるかはわからない。

この街が、この光景が、この時間が何なのかさえわからないのだから。

マナミがすかさずモルフォの背から尖塔の屋根に飛び下りる。そのまま背中を屋根に滑らせて下部のテラスに下りる。

さらにテラスからテラスに敏捷な身のこなしで下りていった。

四階のテラスまで下りてその手すりのかげに身をひそめる。

テラスは街道のうえに庇《ひさし》のようにのびている。手すりのかげに身をひそめれば。その隙間から街道を見透かすことができる。すでに街道の先にブフメガス戦車の姿が見えはじめている。

乾いて、赤っちゃけた敷石《しきいし》のうえを、サッ、と影がかすめたのは、尖塔の上空をモルフォが旋回しているからにちがいない。いざというときにマナミを援護してくれるつもりなのだろう。

眼帯《アイ・パッチ》をこれまでのピンクから迷彩模様のそれに変える。すると着ているものが瞬時に迷彩模様のコンバット・スーツに変わってしまう。アイ・パッチがカチッと音をたてて眼窩《がんか》に嵌まった。

このアイ・パッチは光を透かす。瞳孔括約筋《どうこうかつやくきん》を狙撃用に微調整した。

瞳孔の形が――真昼のネコの瞳のように――縦長のスリット状に変わる。狭い空隙《くうげき》から獲物を狙うのに適している。手すりのかげから戦車を撃つのにはこの針のように細い瞳孔形が最適なのだった。

——いま助けるからね。わたしのあなた、、、……

そして左手を顔のまえにかざす。複数の遺伝子を戦闘コードへと発現させる……左手が見るまに大口径のライフルに変わっていった。

指先から肩までそっくりライフルに変わっている。肩が銃床《じゅうしょう》に変化していた。

これが銃だろうか。いや、腕がライフルに変わるなどということはそもそもありえない話ではあるのだが——

それにしても現実には絶対にありえない大口径の銃だ。ほとんどバズーカのような大きさだった。

銃が肥大化するにつれて腰に巻いた弾帯《だんたい》に装填《そうてん》された弾も、成長するように長く変形していった。とんでもなく大きく長い銃弾だ。弾帯が重さにたわんでいた。戦車の装甲を突き破るにはそれだけの口径弾が必要なのだ。徹甲弾だろうか。

これまでこの地上で合成されたことのない硬化タンパク質なのだ。さすがに劣化ウランまでの貫徹《かんてつ》力はないが、それに近い威力はある。

彼女の腸管神経系がフルスロットルで回転している。皮膚のマイクロバイオーム環境の細菌叢から特定の細菌群が招集《リクルート》される。

複数のコードが同時に活性化される。

燃焼化学物質が合成される。

弾の尾部に充填される……。

肘部《ちゅうぶ》からボルトアクションのレバーが右に突き出ている。一発一発、弾を手込めにする、ボルトアクション式のライフルらしい。

ライフルの先端からは、当然、そこにあるべきはずの照星《しょうせい》が削り取られているからだ。最初からスコープを装着することが想定されている。つまり、これは狙撃のために特化されたライフルなのだった。

スコープを銃身の先端部に装着した。つづいて弾帯から長大な弾を抜き取る。装填する。

そしてレバーを引いてそれをチェンバーに送り込む。ガチャッ、という凶暴な音が牙を咬みあわせるように鳴り響いた。

銃口を手すりの間から突きだした。これで戦車を狙撃する体勢が整った。

――あなたは誰にも渡さない。いまから助けてあげる。

頭のなかで歌うようにそうくり返す。

いま、究極少女マナミが萌える……

2

千人隊バイソラックス――といっても実際には百人ほどしかいないが――の兵士たちは槍と剣で武装している。囚人を両側から挟むようにして隊列を組んでいる。

彼らのボディアーマー、ヘルメットは、その体節が変成され、複数の遺伝子が兵士型に特化発現されたものだ。

中世の甲冑のように異様なまでに膨らんでいる。歩みを進めるたびにその装填された武器がガチャガチャと硬質な響きを奏でる……砂ボコリがたちこめるなか、彼らの姿は狂戦士めいて、威圧的なまでに猛々しい。

街道の両側にひしめいて、感情が激するままに、

「ペテン師を処刑しろ」「そいつを十字架にかけ

ろ」とわめいている群集も、さすがに千人隊の隊列がまえにさしかかるとなりをひそめてしまう。

誰もが後ずさって、口をつぐんでしまうのだ。

それはそうだろう。戦闘体特化したバイソラックス種は、必要があれば何のためらいもなしにゴキブリ種を無残に殺す。

その無慈悲、凶暴なことはじつに徹底している。バイソラックスの獰猛さはとうてい通常ゴキブリ種の比ではないのだ。

それでは彼らに引きたてられている囚人のほうはどうか。千人隊バイソラックスに匹敵するほど凶暴なのだろうか。よほど強そうなのか……

いや、そんなことはない。それどころか、その少年は見るからに非力そうで、バイソラックスに立ち向かうなどとてもできそうにない。

――こうまで厳重に護送されるからには、よほど重い罪を犯したのにちがいない。

あるいは人はそう思うかもしれない。

が、少年の印象はその先入観を大きく裏切るものだった。街のどこででも見かけることができそうな平凡な中学生にしか見えないのだから……

くるぶしまで届く、白い長衣を着て、素足で、敷石のうえを歩いている少年の姿は、じつに痛々しいの一語に尽きる。事実、少年は素足から血を流しているのだから。埃にまみれた一筋の銀髪……

こんな少年がこうまで厳重に護送されなければならない、どんな重い罪を犯したというのだろうか。ほんとうにこの少年は処刑に値するほどの重罪を犯したのだろうか。

だが、いまのマナミにはそれをいぶかしがっているだけの余裕がない。少年の姿を見ただけでギュッと胸が締めつけられるような切なさを覚えるからだ。それはほとんど肉体的な痛みをともなって耐えられないほどだ。

――マカミ。

このマイクロバイオーム環境においてマカミは預言者として認知されているらしい。

預言者――「神の意思」の代弁者とでも理解すればいいだろうか。

すでにゴキブリたちの間では、来《きた》る「クトゥルフ爆発」において自分たちが滅亡を予言されている種なのだという認識が深まっているらしい。クトゥルフ爆発ではすべての生命体に「種」としての地滑り的変動が起きるとされるが、すでにその前駆現象としての遺伝子的変動が見られるのだという。

そのことに対する不安がつのってマイクロバイオーム環境に預言者という存在を急増させているのかもしれない。

一つには、ゴキブリ種に対するバイソラックス種の抑圧が、目に見えて苛烈《かれつ》なものになりつつあるということもあるかもしれない。そのことがさらに不安感を増大させているのだろう。

そのためにゴキブリ種のなかに信仰が芽生えつつあるかもしれない。

ゴキブリの信仰、ゴキブリの宗教、ゴキブリの神……！

ここまでくるとマナミには自分がどんな世界に生きているのか理解できなくなってしまう。理解したいという気持ちさえ失せてしまう。

あまりに突拍子もないし、常軌を逸しすぎているからだ。ただ事実をあるがままに受け入れるほかはない。

そんなわけで預言者は数多いが――最近ではヨハネという預言者が武闘派として名高い――マカミはそのなかでも「預言者のなかの預言者」を名乗っているのだという。

マカミのような平凡な少年がどうしてそんな驕慢《きょうまん》な名乗りをあげているのか、なにかマナミには信じられない気がするのだが。

当然、その宣教活動はいたるところで摩擦《まさつ》と衝突を引き起こした

マナミはマカミのことが好きだ。いや、好きなどという感情を通り越して、それこそ熱烈な信仰者が「神」に対するように全身全霊を捧げているといっていい。マカミのことを想うだけで涙ぐんでしまう。

それなのに奇妙なことに――というか、いっそ奇怪なことに、といってもいいのだが――マカミと自分とがこれまでどんな関係にあったのか、その記憶がはっきりしないのだ。

どこでどうやって知りあったのか？　どんなふうにつきあったのか？　な、あ、ん、に、も覚えていない。

気がついたときにはもうマカミを好きだ、それも死ぬほど好きだ、という想いだけが胸を焦がして灼いていた。ほとんど熱病にみまわれるのに似ていた。

わからないのはそれだけではない。

どんな経過からマカミはバイソラックスたちに捕らえられ、処刑されるはめになったのか？　それもまたわからない。マカミがゴキブリ種、バイソラックス種、そのほかすべての種の――ということはそこに人類も含まれるのだろうか――「神の子」を僭称《せんしょう》したからだというのだが、ただそれだけのことが死刑を宣告されなければならないほどのことなのか……

ただ一つわかっているのは――

三人のクトゥルフ少女たちがマカミと一緒にいたというそのことなのだ。一緒にいて、どうしてみすみすマカミが捕らえられるのを見過ごしたの

か。あまりにふがいない。

――クトゥルフ少女なんてホントに当てにならないんだからもう！

フツフツと怒りが湧いてくる。

自分がそのクトゥルフ少女の一人だということをひどい侮辱のように感じてしまう。

しかし、その一方で、そのほうがかえってよかったのかもしれない、とも思う。

マカミを助けるのはこのわたし――究極少女マナミ――でなければならない、という想いがことのほか強いからだ。

ほかの誰にも手出しさせたくない。

なまじ例外少女だの限界少女だのに手出しをされたのでは、かえって面倒なことになりかねないし、いたずらに事態を混乱させるばかりだろう。最初からクトゥルフ少女なんか当てにしないほうがいい。

それに、そんなこともいまはもうどうでもいい。いまはブフメガス戦車を撃って千人隊の行軍をとめてマカミを救出することを――ただそれだけを考えたい。そのほかのことはすべて些末《さまつ》な余事《よじ》にすぎないのだから。

マナミは片目をスコープに当てる。

スコープの倍率は二十倍率にセットされている。狙撃の標準仕様だ。

実世界環境では二十倍率スコープは空気中の熱の影響を探知することができる。

それがマイクロバイオーム環境においては分子の動きとして視認される。

標的はブフメガス戦車だ。しかし、まずはマカミを見ずにはいられない。

スコープをマカミに向ける。

照準のなかにマカミの姿が浮かびあがる。

陽炎《かげろう》のように揺らめいた。

マカミの顔は疲労と苦痛のために青ざめている。こめかみが引きつっている。

そんなマカミの姿を見るだけでマナミの胸は苦悩に震える。待っててマカミ、と胸のなかで呼びかける。いまわたしが助けてあげるから……

もっともっとマカミを見ていたい、という思いをむりやり自分から引き剥がすようにしてスコープを動かす。

戦車にぴたりと照準をさだめる。

戦車を撃つ……擱座《かくざ》させる……護送の千人隊のなかにも撃ち込む……その混乱に乗じてマカミを救う……そのためにミナレットの屋根のうえにモルフォを待機させている……

すでに心のなかで手順はさだまっていた。あとはすべてを実行に移すだけだった。そのはずだったのだが——

「よしたほうがいいって」ふいに背後から声が聞こえた。「どうせあんた一人じゃマカミを助けるのは無理なんだから——」

振り返ろうとした。とっさに銃口を向けようとしたのだ。

が、そのときには背後から飛んできた鞭にライフルをからめ捕られていた。

すごい力だ。ビシッ、という鋭い音が鳴りわたった。

どうにも抗《あらが》いようがない。

何本もの鞭だ。七色に塗り分けられて美しい。それがまるで生きているかのように動いた。

体にグルグルに巻きついてきた。抵抗しようにもろくに体の自由がきかないのだ。

足が床から浮いた。

「あ、あ、あ……」

声をあげたがその声が急上昇していくかのように耳に響いた。

振り子のように大きく揺れた。

気がついたときには体が宙吊りになっていた。尖塔は各層、周囲に回廊をめぐらせ、真ん中はドーム天井までの高い吹き抜けになっている。そのドーム天井すれすれまで体を持ちあげられたのだった。

すでに左腕はライフルではなしに腕に戻っていた。

つまり、いまのマナミに武器の装備はない。

いままでマナミがライフルをかまえていた回廊にひとりの少女が立った。

右腕をしなやかにうねらせると七本の鞭のうち六本までが彼女のもとに戻った。

これでマナミはたった一本の鞭で高いドーム天井に宙吊りになっていることになる。暴れてもがくのはやめることにした。さすがに七層のドーム天井から一階の床に墜落するのは勘弁して欲しかったからだ。

その少女の背後からもうひとり別の少女が進み出てきた。こちらは肩から背中に剣を負っていた。鞘にストラップがついていて、それが歩くたびにジャラジャラ鳴った。

二人の少女は肩を並べてマナミを見あげた。

「悪いことは言わないからさ」と鞭の少女が言った。「そこでわたしたちのやることを見物してなって」

「バカいってんじゃねーぞ。んなわけいくかよ」

マナミは宙吊りにされながらせせら笑った。「ってか、おたくら、誰なわけ」

「わたしは実存少女サヤキ、こちらは限界少女ニラカ——あんたは究極少女のマナミだね。ということは、うちらクトゥルフ少女の仲間ってことになるんだけどね」

3

——何だ、こいつらは……アニメの魔法少女ってか。それとも戦闘美少女か。

自分のことはさしおいてサヤキがまず思ったのはそのことだった。

そこにいるのは、たしかに人間なのだが——といってもマイクロバイオーム環境に遺伝子発現された人間ではあるが——どこかアニメのキャラのような非現実感がつきまとっている。

コスプレ、などという浅薄なレベルでの話ではない。どこがどうと具体的に指摘することはできないが、もっと本質的なところで人間と異っているように感じるのだ。

何が、だろうか？

「究極少女マナミか」とサヤキが指を頬に当てて首を傾げながらそう言った。「あなたのどこが究極なのかしら？　ねえ、あなた、何で自分が究極なのかわかる」

そのしぐさがマナミの目から見てもドキリとするほど可愛くて色っぽかった。クトゥルフ少女隊のお色気担当というところか。アニメ放映されれば、さぞかしオタクたちの人気を集めるにちがいない。

——視聴率はどれぐらい稼げるかな。

ふとマナミはそう考えて、そのことに軽いとまどいを覚えた。

なんで、こんなときに視聴率なんて言葉が出てくるんだろう？

「知らない」マナミは首を横に振った。実際、知らないのだから。——宙吊りになった体がわずかに左右に揺れる。「あなたはどうなの？　どうして自分が実存少女なのかわかる」

「大体のところはね」サヤキはヒョイと肩をすくめて見せた。「要するに、わたしという存在そのものが実存的なわけ」

「それじゃ、そっちのあなたは？」マナミは苦労して鞭のいましめから右手を出してニラカを指さした。「どうして、あなたは限界少女なの」

ニラカはいわゆる「眼鏡っ子」という立ち位置らしい。指さしされて、オドオドと内気そうにうつむいた。眼鏡をあげて、すこし口ごもりながら、小さな蚊の鳴くような声で言った。

「わたし……あ……といっても、実世界環境のわたしなんですけど……どうも夫を殺したらしいんです」

「夫を殺した……」さすがにマナミはあっけにとられた。「あなた、実世界では結婚してるんだ……」

夫を殺したと告白している相手にこのリアクションはおかしいかもしれない。けれども、目のまえの、見るからにおとなしそうな、どう見ても十四歳そこそこでしかない少女が、じつは「結婚している」のだという事実をどうしても素直に受け入れることができずにいた。

たしかに実世界環境での遺伝子表現と、マイクロバイオーム環境での遺伝子表現とは、相互に何の関連もないとは知ってはいたが——

それにしてもこれはあまりにも違和感が強すぎた。

「はい」、ニラカは何のてらいもなしにうなずいて、「それで、どうもその死体の始末にこまってるらしいんです。お二人は裸の男性の死体を始末しようとした経験はおありですか」

「ないないないよ」

「そんなのありっこないでしょ」

二人は同時に首を横に振った。

「そうですか。ゴツゴツしてるように見えて、けっ

こう男の人の裸って捕まえどころがないんです
よ。始末におえませんことよ」
「ことよ、って。あんた……」
「いっそ宅急便に頼んじゃえば」どこまで本気
なのかサヤキがヤケのように言った。
「そうですわね」ニラカはちょっと首を傾げて、
「その場合には冷蔵便でしょうか。それとも冷凍
便でしょうか」
それを見ながら、なるほど、とマナミはうなず
いて、「そういうことか――それは、まあ、たしか
に」
「限界少女でしょ」サヤキが悪戯《いたずら》っぽい口調で言
う。
「うん、限界少女だ」何が限界といってこれ以上
の限界はない。
「もう一人、例外少女のウユウという子がいるん
だけど……」どうしてか、それを口にするとき、
わずかに彼女の口調にためらうような響きが感じ
られた。――なにかサヤキはそのウユウという子
に対して含むところでもあるのだろうか。「その子
は実世界環境ではお婆さんなのよ。それも大変な
お婆さん。それがこのマイクロバイオーム環境で
は十四歳の少女なんだから。つまり、例外なわけ。
これも納得できるでしょ」
「うん」
「それでね。教えて欲しいんだけど、何であなた
は究極少女なの。たしかにあなたはかわいいけど、
究極っていうほどかわいくないように思う。あな
たよりは」――わたしのほうがもっとかわいい、と
言いたかったのだろうけど、さすがにそれははっ
きりとは口にしなかった。「教えてくれない？　究
極のわけを」
「それは……」
マナミは口ごもった。

これまでどうして自分が究極少女なのか、などということは一度も考えたことがない。そう言われてみると、なぜ自分は究極少女と呼ばれているのか、あらためてそのことがふしぎになる。それに——

いまの話から察するに、ほかのクトゥルフ少女たちには自分が実世界環境で誰だったのか、その記憶があるらしい。それがマナミにはないのだ。どうして自分にだけその記憶がないのか？

が、どうしてか意識の深いところで、そのことはあまり突きつめて考えないほうがいいように感じた。ろくなことにはならないという感覚が強い。それよりも、いまは……

「こんなことしてていいの？　こんなことしてるあいだにもマカミは処刑場に連れてかれちゃうよ。手遅れにならないうちに」

マナミは鞭のなかでわずかにもがいた。——しかし、あいかわらず鞭は強くマナミの体を締めつけている。ろくに身動きできない。

「わたしを早くこの鞭から解放してくれないかな」

「そうもいかないのよ」

サヤキは手に残されている鞭でバシッと強く床をたたいた。

さすがはお色気担当だ。女王様キャラを兼ねている。黒いレザースキンのボンデージ・ルックがさぞかし似あうだろう。

萌える……

「マカミはわたしたちが助ける。そういう手はずになってるのよ。いまさら、あなたにじゃまさせるわけにはいかないわ。それに——変に聞こえるのはわかるけど、わたしたち三人は一度死んでるのよ。それを、たまたまそこに現れたマカミが生き返らせてくれたらしい——らしい、というのは、

息を吹き返したときにはもうマカミの姿はそこになかったからなんだけどね。あとから話を聞いてわかったことなんだけど……」

「あとから話を聞いたって誰に？」

「それは」どうしてかサヤキはあまりそのことは言いたくなさそうだった。「ヨハネに」

「ヨハネ？」

聞いたことのある名だ。たしか『聖書』に出てきた名ではなかったか。この世界での武闘派の預言者の名でもある。たんなる偶然の一致だろうか。

「つまりね。マカミはわたしたちの命の恩人なわけ。わたしたちにはマカミを助けなければならない義務がある」

　それを聞いてふいにマナミのなかに激しい感情がこみあげてきた。まるで溶岩のように熱く体の底から噴き上げてきた。あまりに唐突だし、それまでの話の流れとは何の関連もないではないか。そう自制する気持ちも働いたが、あまりにカッとしすぎて感情の抑制がきかなくなってしまう。

「そんなことさせるか」マナミは叫んでいた。「マカミはわたしが助けるんだからね。ほかの誰にも手出しはさせないんだからね。マカミはわたしのもんなんだからね」

　どうしていきなり、こうまで激してしまうのか自分で自分がわからない。ただ激情のおもむくままにバタバタと体を前後に動かした。――それでも鞭はゆるむどころか逆に締めつけるばかりだったのだが。

「それに――」とマナミは言葉をつづける。「あんたたちはその場にいながら、みすみすマカミが千人隊に捕まるままにしていたというじゃないか。助けようともしなかったというじゃないか。どうやったらそんなあんたたちを信じることができるというんだ」

「お黙り！」サヤキもまた叫んだ。「その場にいなかったあんたに何がわかる。千人隊にいきなり襲われたんだ。マカミを助けるどころじゃなかった」

「わたしなら助けていた。わたしがあんたたちだったら――」

「お黙り！」

鞭がまた床に鳴りわたった。一本の鞭が飛んできた。顔を一《ひと》巻きして、口をふさいだ。もうマナミはしゃべることができない。

「ねえ、お二人とも、あまり興奮なさらないほうがよろしくってよ」ニラカがオロオロしながら言う。「だって、わたしたち、お仲間なんだから」

「ウザい、ニラカ」それをサヤキは一言で黙らせて、あらためてマナミのほうに向き直ると、「ねえ、マナミ、あなた、自分がヤンデレだってことわかってる」

ヤンデレ？　なに、それ？　という意味のことを、口では言えないが、体の動きであらわす。鞭が頭上でギーギーとしなう音が聞こえてきた。

「病んで、デレデレしてる……アニメではよくあるパターンなのよ。好きな男の子がいて、ほかにやっぱりその男の子を好きなライバルの女の子たちがいて――だから理由は嫉妬だったりとか、その男の子に交際を断られたりだったりとか、いろいろあるんだけど。とにかく、それで狂っちゃうのよ。その男の子を殺したり、ライバルの女の子たちを殺したり、いろいろ病的な行動に出るわけ。このヤンデレが特異なのはね、どうして、彼女がそこまで狂っちゃうのか、それまでのストーリーからは、誰にもその予測がつかないところにあるの。あまりにも爆発的で、異常な行動で、ただ嫉妬とか、怒りとか、独占欲とかだけでは説明がつかないのよ。つまり、それがヤンデレということなのね。わかる？」

サヤキが手首を軽く動かした。すると、マナミの口を締めつけていた鞭がゆるんだ。マナミの体が前後に揺れた。

「よくわからないけど」とマナミはようやく言った。「わたしが、そのヤンデレってわけ」

「そういうこと」とサヤキはうなずいて、「もともと、わたしたちの行動とか、意識とかってさ、目に見えないかたちでアニメ的なるものに規制されてるように感じるよ。セカイ系とか、ハーレム系とかね。どうして、わたしたちが、あんな――はっきり言って――冴えない男の子のマカミにこんなにも夢中になってるのか、どうして女の子のわたしたちだけが戦わなければならないのか。すべてアニメの世界観とかお約束を持ち出さなければ説明がつかないことばかりだわ。

あなたのヤンデレもその一つね。まるで、アニメの『クトゥルフ少女戦隊』よ。わたしたちと、アニメとの関係がどうなっているのか、どうしてそこまで深いかかわりがあるのかは、まだわからない。これからわかることがあるのかどうかもわからない。ただ――」

「ただ？」

「あなたがヤンデレとしてもさ、あなたの好き勝手にはさせないわよ。マカミはわたしたちみんなで助けるのよ。あなた一人に勝手に暴走はさせない」

「暴走か……」とつぶやいたが、実際には頭のなかでは、ヤンデレか、とつぶやいている……「わたしがヤンデレだから暴走するって言いたいわけ？」

「サヤキさんがあなたに悪意を持ってるなんて誤解なさらないで欲しいですわ。サヤキさんの言葉はあなたのことを思えばこそのことなんですから。だって、わたしたち、仲間なんですもの」

「ニラカ」

「はい」

「よけいなお世話。黙ってな」

「……」

「だけどさ。わたしがそのヤンデレとして――そのことに理由がないからって、何もそんなにふしぎがることはないんじゃないかな。だって、そのことにかぎらず、わたしたち人間のすることって、みんな理由がないことばかりじゃないの」

マナミは前後に体を揺らしつづける。――ドーム天井からはギー、ギー、という鞭のきしむ音が聞こえつづけている。

「どうして男は女に、女は男に惹きつけられるのか？　どうして母親はあんなにも一生懸命に子供を守るのか？　どうして、どうせいずれは死ぬことになるとわかっているのにしなくてもいい苦労をして生きつづけなければならないのか」

「……」

「すべては遺伝子のなせるわざと言いたそうね。アニメのお約束も、生きることのお約束も、その底がスッポリ抜けていて、根拠がないことでは変わりない、って……もしかしたら、だから、わたしたちクトゥルフ少女たちは『進化』などという突拍子もないものを相手にして戦っているのかもしれない。だって、わたしたち生命体の遺伝子コード――『進化』――ぐらい底が抜けてて、根拠に欠けるものはないんだからね」とサヤキはつまらなそうに言って、「あ、それから、どんなに体を揺らしても、その鞭はほどけないよ」

そのとき、ふいにニラカが「危ない、伏せて！」と叫んだのだった。

4

いつのまにかブフメガスが尖塔のまえに停車していた。砂煙のなかにその偉容が黒々と沈んでいた。——窓からそれが見えた。

ブフメガスはオオチャバネ型重戦車で頭身分離型になっている。その頭部《ヘッド》が台座から持ちあがった。こちらを見た。

主砲が本体から分離される。頭部が回転する。七十五マイクロ砲が尖塔に向けられる。正確に塔のなかのマナミたちに狙いをさだめていた。

それを目のあたりにしながら、マナミたちはどうすることもできずにいた。戦車砲を向けられた人間にできることはあまりない。

——答えろ。おまえたちはマカミを知っているのか。マカミを助けようとしているのかどうか。

ブフメガスのどこからその声が聞こえてきたのかはわからない。そもそも聞こえてきたのかどうかもわからない。声かどうかさえわからない。ただ、ブフメガスがそう言うのがわかったのだ。はっきりとわかった。

「わたしたちはマカミなんて知らない」サヤキが窓から叫んだ。

「答えろ。おまえたちはマカミを知っているはずだ」

「わたしたち、ほんとうに知りませんことよ」とこれはニラカだ。

「いや、おまえたちはマカミを知っている」

「知らないってば——」

つられるようにマナミもそう叫んでふと奇妙な感覚にとらわれた。

——ブフメガスが二度鳴くまえにきみたちは三度ぼくを知らないっていうはずだよ。

マカミのその言葉を思い出したのだ。たしかにきみたちは三度マカミを知らないと言った……そのことに愕然としたのだ。

――あれはいつ聞いたのだったろう

いま、その記憶がないことに気がついた。

それなのにその言葉の記憶だけはある。これはどういうことだろう？　それに……

そのあとでブフメガスが二度鳴くのだという。

それはどういう意味なのか？　そのことを疑問に感じたのだが、それはすぐに――最大限に不幸な形で――了解されることになったのだ。

まさにブフメガスは鳴いた。

つまり――

砲撃したのだ。

砲火が閃いた。砲声！　と同時にオオチャバネの翅の痕跡がトサカのように開いて砲撃の反動を吸収する。

壁を砲撃された。木っ端微塵に粉砕された。マナミの体が投げ出される。そのうえに壁の残骸が豪雨のように降り注いだ。

マナミの体は七層のドーム天井の高さまで持ちあげられていた。さすがに床まで放り出されれば無事では済まない。とっさに身をひねらせて四層の内壁手すりに両手をかけた。振り子の要領で体を持ちあげ回廊に転げ込んだ。

間一髪のタイミングだった。そのときに二発目の砲弾がドーム天井に炸裂したからだ。まさにブフメガスは二度鳴いた。――もうあとコンマ数秒、回廊に避難するのが遅れていたら、マナミは壁と天井の残骸に生き埋めになっていたにちがいない。

モウモウと粉塵がたちのぼる。壁にポッカリ穴が開いてそこから光が射し込んでくる。激しく分子が運動するのがはっきり見えた。そのなかをクトゥルフ少女たちの影が右に左に交差する。

「ヤバっ」その言葉ほどには緊迫感の感じられない声でサヤキが言う。「このままじゃやられちゃう」

「どうして、わたしたちがここにいるのがわかったんでしょう」

「だれか、わたしたちのなかに裏切り者がいるってことなんじゃないかな。その誰かが、わたしたちがここで待ち伏せしているのを千人隊に内通した」

「裏切り者？　まあ、どなたが？」

「ここにいないどなたか、が」サヤキの声がかすれた。「たぶん、そのどなたかが千人隊にマカミのことを密告したんだと想う」

ここにいない誰か？……誰だろう。例外少女ウユウのことか。

マナミがそう疑問に感じたそのときに、今度は車載機関銃が連射された。銃声がつづけざまに炸裂した。漆喰《しっくい》のかけらが舞いあがる。

砲撃は「鳴いた」と表現される、それでは銃撃は何と表現されるべきなのだろう？　マナミは必死に逃げまどいながらふとそんなことを考えた。

弾丸がズブズブと壁に突き刺さる。スイスチーズのように穴が空いた。その穴が見るまに増えていった。

射撃は正確だった。逃げまどう少女たちを精緻《せいち》に追尾した。たぶん、壁越しに少女たちの体熱赤外線を触知しているのだろう。

既成種のゴキブリに赤外線感知能力はないが、バイソラックスにはその能力が備わっている。当然、ブフメガス重戦車にも砲撃と連動する赤外線触知レーダーが搭載《とうさい》されているはずだ。それが正確にマナミたちの位置を捕捉する。

穴が増えすぎた。

四層の壁がスカスカになってしまう。

音をたてて崩落した。

その細かい破片が、まるで暴風雨のようにマナミの体に叩きつけてきた。連射される弾の圧力がはっきり感じとれた。

回廊に転げ込んだ直後で体勢を低くしていたのが幸いした。まともに弾風をくらっていたら、とてもその程度の被害では済まなかったろう。

いや、これをその程度の被害などと安直に言っていいものか。マナミの体は文字どおり吹っ飛ばされたというのに。四層から床に落ちた。幸い、などという言葉で片づけられていいものではない。

床に墜落して、一瞬、意識が遠のいた。そう、ほんの一瞬だけ――

しかしすぐにわれに返った。なにしろブフメガス重戦車が壁を粉砕しながら一階に突入してきたのだ。バリバリと壁をつき崩して七十五マイクロ砲が姿を現した。とても悠長《ゆうちょう》に気を失ってなどいられない。

壁が崩壊する。

次から次に回廊が崩落する。

粉塵が舞い上がる……しかも非常にゆっくりと。

まるで夢のなかの光景でもあるかのように。

マイクロバイオーム環境のモエ時間は極端に凝縮されている。そこではすべてが夢のスローモーションのなかにある。ものみなすべてがリアルとアンリアルのはざまのなかに青白い光芒を放って輝いた。

頭部のハッチが音をたてて開いた。バイソラックスが上半身を覗かせた。体節とも、ボディアーマーともつかない体外骨が、外光をグロテスクに反射する。その顔の細部は、フルフェイス頭部一体型のヘルメットで覆われているために、まったく見透かすことができない。

すべてがリアルではない。リアルなものなどどこにもない。わたしさえもが……

その痺れるような認識がマナミの心を打ちのめす。そして眼前に迫ってくる戦車を呆然と仰いだ。ほとんど自失した。

その空転する意識のなかで独白だけが虚ろにくり返される。

――これが飛翔型バイソラックス表現型？　マイクロバイオーム環境・表現型？　どう見ても戦車にしか見えないのに……戦車兵にしか見えないのに……

一瞬、現実に見えているものと、その現実に覆われているもう一つ深部の現実とのあまりのギャップの大きさに、頭がクラクラしてしまう。

これらすべてが虚妄なのだとしたら……そして、その何重にも覆い隠された虚妄の奥を見透かすことができるのだとしたら……そこには何が見えるだろう？

こんな緊急の場合に、ふとそんな夢想めいた想いが頭をよぎって、狼狽《ろうばい》させられる。もちろん、いまはそんなときではない。しかし、反省する間もなく、すでにその答えは頭のなかに用意されているようだった。

――これら何重にも隠蔽《いんぺい》されたリアルの奥にある、ほんとうのリアルとは、〝進化〟なのではないか。そして〝進化〟とはクトゥルフなのではないか。

唐突、という以上に、あまりにも突拍子がなかった。その言葉の意味するところが何であるのか、それはマナミにも理解できなかった。あるいはそれは、戦車が目前に迫ったために、ほんの一瞬、パニックにみまわれたことによる妄想、錯乱だったのだろうか。

そうかもしれない。いや、そうであるべきはずだった。

常識的に考えれば、そう判断するのが最も妥当だったろう。

だが、にもかかわらず、このときはっきりとマナミは自分の直感が正しいことを確信していたのだ。

自分が——いや、自分たちクトゥルフ少女が——戦うべき相手は、こともあろうに〝進化〟そのものであり、究極的にはクトゥルフであろうことが意識の深いところで了解したようだ。

それが具体的に、どういうことであるのかは、はっきりとわからないままに……

戦車のヘッドが旋回した。

口径八マイクロ車載機関銃がこちらに向けられる。

マナミのなかで何かが花火のように弾け散った。自暴自棄の思い……ほとんど自殺衝動にも似た思い……気がついたときには体が勝手に動いている。戦車から逃げるのではなしに、戦車に向かって走った。

車載機関銃の水平方向への自由度はかなり高い。が、垂直方向、とりわけ直下部には死角が生じる。それはヘッドから上半身を覗かせているバイソラックスにしても同じことだ。バイソラックスは通常のゴキブリと違って、頭部を九十度角で上下動させることができる。その意味ではゴキブリよりも視界が広いといっていい。が、それも程度問題にすぎない。

視覚器官が、顔部についているのではなしに、頭部先端についているために、人間ほどには視界が広くないのだ。機関銃同様、下部に死角ができてしまう。

その死角にいち早く飛び込んでしまえば、バイソラックスの監視から逃がれることができるし、機関銃の殺傷能力を削ぐこともできる。――できるはずだったのだが……

5

思いもよらないことが起こった。いや、それを思いもよらないこと――というのは正確ではないかもしれない。

なぜなら相手がゴキブリ進化種のブフメガスであれば、それは当然、予想されてしかるべきことだったからだ。それは、いわば思考の怠慢が招いた「思いもよらないこと」なのだった。

つまり――ブフメガスはとてつもない勢いで壁を這い上がったのだった。

ブフメガスはもともとゴキブリの細胞内共生バクテリアを祖先にする、ブフネラだ。

ブフネラのゲノム総数は大腸菌の十数パーセントしかない。いくら細胞小器官《オルガネラ》であろうとこれほど特異なバクテリアは他に例を見ない。

生命体というよりは一種のマイクロ・マシンと考えたくなるほどだ。

そのマイクロ・マシンとしての特異な機能がここでもいかんなく発揮された。まるでゴキブリのように後ろ向きに――いや、いまだかつて後進するゴキブリは発見されていないが――猛烈な勢いで壁を這い上がっていったのだ。どうして脚部をそうまでピッタリと壁に密着できるのか?

そのメカニズムはわからないが、事実としてブフメガス重戦車はドーム天井近くまで壁を一気に登っていったのだ。

「冗談だろ」マナミはあっけにとられた。「そんなのありかよ」

計算違いなどというなまやさしいものではない。

マナミとしては、車載機関銃、それにハッチから上半身を覗かせているバイソラックスの、双方の死角に飛び込んだつもりだったのだ。

それが、気がついてみると、まさにその銃口正面に身をさらしていた。

さすがのマナミももう逃げようがない。ただ呆然と、死神の視線たるべき、機関銃の銃口を凝視しつづけるほかはない。

それが真っ赤に瞬きしたときがマナミの命尽きるときだろう。

バイソラックスの頭顔一体に成形されたヘルメットからはその表情を読み取ることができない。死神の機関銃を操作する死神の顔だった。

そもそも「死」には表情などというものはないのかもしれない。あるのは相手を確実に殺すという氷のように冷徹な意志だけなのだった。

バイソラックスの体がわずかに動いた。

肩部から指先端にかけてその腕（前肢？）を力が波うつように伝わるのがわかった。

機関銃のレバーが引かれた。

おびただしい銃弾がマナミの体をズタズタに引き裂いた、かのように感じた……

実際には機関銃が発射されることはなかった。

間一髪、レバーが引かれる直前、マナミの頭上を越えてニラカが高々と跳躍したのだ。

剣光が迅《はし》った。

バイソラックスの頭部を刎《は》ねあげた。

その首が放物線を描いてきれいに飛んだ。

床に落ちて二度、三度とバウンドした。

それを追うようにニラカが着地した。

鮮やかに切れ目のない動きで剣を鞘《さや》におさめた。チン、と涼しげに鍔《つば》鳴りが響いた。

「大丈夫でしたか」とニラカが気づかわしげに訊いてきた。「戦車が壁を這い上がるなんてびっくりしちゃいますよね」

いつもは、どちらかというとオットリしているかのように見えるニラカの、思いがけない敏捷な身のこなし、鮮やかな手練《てだ》の冴えだった。

人は見かけによらないというけど本当だ。まさか、ニラカに助けられることになろうなどとは予想もしていなかった。

あらためてブフメガス戦車を見上げた。戦車は壁に貼りついたままわずかに蠕動《ぜんどう》していた。

ちょうどスリッパか、丸めた新聞紙で力いっぱい叩かれたゴキブリが、なかば潰《つぶ》されながらも、かろうじて壁にしがみついている姿を連想させられた。

要するに、瀕死《ひんし》の状態だ。首を切られたバイソラックスはどうかというと——ハッチから上半身を覗かせたまま微動だにしない。

こちらは瀕死ではなしに完全に死んでいた。

——助かった。

さすがにマナミはホッとした。全身、脱力感にみまわれた。

その瞬間——

マナミの体は物凄い力で後ろに引っぱられたのだ。後方から飛んできた鞭がマナミの体に巻きついた。言うまでもなくサヤキがマナミの体を自分のほうに引き寄せたのだった。

とっさのことで、あらがうすべもない。マナミはそのまま後方にストンと尻餅をついていた。

なにか熱風のようなものが凄まじい圧力で押し寄せてきた。まるで目に見えない巨大な斧《おの》がざっくり振り下ろされたかのようだ。

それはきわどくマナミの体をかすめて爪先ぎりぎりのところに達した。そのときになってフライパンの豆が爆《は》ぜるように銃声が炸裂した。

熱く灼けた薬莢がバラバラと雨のように降り注いだ。機関銃が連射されたのだった。

首を刎ね飛ばされたはずのバイソラックスが機関銃を撃ちつづけているのだ。その弾道はマナミの体わずか数十センチのところを瀑布のように落ちている。

銃弾が床に突き刺さり、あるいは跳ね返る音が、まるでハウリングのようにワーンと唸っている。それが銃声とあいまって、まるで世界が身をよじらせて咆哮しているかのような狂騒音を奏でた。

そして銃声が止んだ。

「……」

マナミは呆然と戦車を見あげている。正確には、ハッチから上半身を突き出して機関銃を操作した首なしバイソラックスを。

考えてみれば、頭部を潰されたぐらいでは、ゴキブリは死んだりしない。いや、死ぬかもしれないが、それで動かなくなったりはしない。

実世界環境において、首がなくても動いているゴキブリの姿を見たような記憶がある。ゴキブリはそれこそゴキブリ並みの生命力を誇っている。その戦士特化型のバイソラックスであればなおさらのことだろう。

マナミは首なしバイソラックスの視線をヒシヒシと痛いほどに感じていた。これは文字どおりの意味でのことかもしれない。

バイソラックスの視線がその複眼だけによるものとはかぎらないからだ。もしかしたらバイソラックスは（ゴキブリにはない）赤外線感光受容器を備えているかもしれないのだから。

車載機関銃の銃身は真っ赤に熱せられていた。湯気がたちのぼっていた。

いくら不死身のバイソラックスであろうとそれ

に生身で触れれば無事には済まないはずだ。

たとえ首を切られても生きているバイソラックスであろうと。

しかし——

首なしバイソラックスは何の逡巡《しゅんじゅん》もなしに弾帯をガチャンと音をたてて機関銃に填めた。その前肢から白い煙りがたちのぼる。

が、何の苦痛も感じていないようだ。すでに死んでいるのだから当然か。そしてレバーを引いて最初の一発を薬室に送り込んだ。

機関銃の握りを手前に引いて銃口を下に——つまりマナミに擬して——向ける。首がないのにどうしてマナミの位置がわかるのか？　ピタリと突きつけたのだ。

「マナミ、逃げな」

背後からサヤキのかすれた声が聞こえてきた。かすれて、切迫していた。

しかし今度もまた逃げられそうにない。逃げられる気がしない。

クトゥルフ少女といえども死んだバイソラックスから逃げることはできそうにない——なぜなら、なにが最強といって、この地上にゴキブリのゾンビほどおぞましく最強なものは存在しないのだから。

だが、ニラカが「マナミちゃん、安らかに。心配なさらないで」と叫び、「マカミはわたしたちが必ず助けるから」とサヤキがそうつづけるのを聞いたとたん——

それまで自分でも予想もしていなかった凄まじい気力がマグマのように噴き出してきたのだった。どうしてか？

いや、どうしてなのか、などとことさらしく自問する必要はない。むろん、嫉妬のゆえなのだ。ほかの女にマカミを助けさせてたまるか、という憤怒からに他ならない。

　理屈もなにもあったものではない。よけいなことすんじゃないよ、わたしのマカミに手を出すな——という強烈な衝動に体の底から突きあげられた。

　それはほとんど生命力そのものといってよかったろう。真っ赤に爆発した。

　——これがヤンデレってやつ？

　チラリと意識の片隅にそんな自省の念が働きはしたのだ。これって何だかオカシクないか……と思いもした。

　ヤンデレ……病んで、デレデレ、ということか。

　少女がヤンデレへといたるのには——むしろヤンデレを病むといったほうがいいかもしれないが——何の裏づけも与えられないし、そのための伏線もない。

　どうして鳥は空を飛ぶ方向に進化しなければならなかったのか？　いかなる「進化論」もそれを説明することはできない。

　それはたんにそのようになったからそのようになった、とだけ説明される。それ以上のことは誰にもわからない。——わたしのヤンデレもつまりはそういうことなのかもしれない。

「もしかして——」一瞬、ほんの一瞬のことだが、マナミの胸を強烈な懐疑の念がよぎった。「もしかして、わたしって何かダマされてるんじゃないかしら？」

　もちろん、ダマされているのだ。

　どうしてアニメのキャラはいつもアニメのトレンドに支配されなければならないのか？

　どうして生命体はつねに進化の淘汰圧にさらされつづけられなければならないのか？

　——進化は正義なのか？

　その問いが強烈なインパクトをともなって胸に

響いた。

もしかしたら、これはサヤキの意識が問いかけたことかもしれない。それがマナミの意識に逆流してフィードバックされた……

　そんなことがあったとしてもふしぎはない。なぜなら実存少女であるサヤキにとって、あのＳＦ作家の問いはそれだけ切実なものだったからだ。

　が、マナミの脳裏をよぎった懐疑、不審の念は、ほんの一瞬のことであって、次の瞬間には圧倒的な「ヤンデレ」の衝動にすべて洗い流されていたのだった。

　マカミは誰にも渡さない、ほかの子に助けさせてなるものか……という歪んで、理不尽な思いが、マナミを抗いようのないところまで突き動かした。彼女自身が思ってもいなかった行動にと駆りたてた。

　これはすべて、ブフメガス重戦車の車載機関銃に撃たれる寸前——

　そのコンマ・モエの時間に起こったことでしかない。

　実世界環境に生きる人間の目にはもちろん、マイクロバイオーム環境に生きる細菌叢生命体の視覚にも、それはほとんど捉えられることがなかったはずなのだ。

　このとき実際に起こったのはこういうことだった。

　気がついたときには——いや、正確には、そのときにもまだ自分のしたことに気がついてはいなかったのだが——マナミは撃っていたのだ。

　左腕が擲弾筒《グレネード・ランチャー》に変わっていた。それを無意識のうちに発砲した。

　銃尾を右側にスイングさせて薬室を開いて——これもいつどうやって生成させたのか自分でもわからない——擲弾《てきだん》を装填した。そして薬室を振り戻し……撃ったのだ。

ガチャン、とレバーを引いた。

何を撃ったのか？　バイソラックスの切断されて床に転がっていた首を撃ったのだ。それを粉々に粉砕した。

擲弾の破壊力は凄まじい。首はあとかたもなしに消滅した。

それでどうなるという見込みがあってやったことではない。というか、ほんの刹那《せつな》の行動で、何かを考えるだけの時間さえなかった。じつに物理的に時間がなかった。――

それでは本能的に動いたのか、と考えたいところだが、そうでもなかった。本能ですらなかった。

クトゥルフ少女とはつまるところ、腸内、ヒフ上に蔵する細菌叢の遺伝子群が、マイクロバイオーム環境に触発されて表現されたものにすぎない。バクテリアの行動に本能という言葉をあてはめるのがはたして適正だろうか。

その表現型が少女のように見えるのも――静止しているアニメのセル画が何枚も連続すると動いているかに見えるように――たんなる錯覚でしかないのだ。クトゥルフ少女とは要するに錯覚の連鎖に他ならない。

バクテリアに本能はあるか？　アニメのキャラに本能はあるか？

そう問いかけること自体ナンセンスだったろう。マナミはただ撃ったのだ。擲弾はバイソラックスの頭部に命中しそれを粉砕した。

ただ、それだけのことだ。ただそれだけのことが――

じつに思いもよらない結果を招いたのだった。

6

思いもよらない結果……しかし、それが正確に何を意味する結果であったのかは誰にもわからない。

わかるのはハッチから上半身を覗かせていた首なしバイソラックスの体が前後に激しく揺れ出したことだ。

揺れて、揺れて、そして……

――助かった。

結局、車載機関銃が撃たれることはなかったのだ。首なしバイソラックスは機関銃のレバーを引くことはなかった。

あまりに激しく体を揺らしすぎたためなのだろうか。勢いあまってハッチから飛び出してしまう。

そのまま首なしバイソラックスはズルズルとうつ伏せに車体を滑り落ちた。床に達して――脱ぎ捨てた洋服のようにそこでクシャッとなった。スリッパでひっぱたかれたゴキブリのように、床のうえでペシャンコに潰れてしまった。

マナミは頭のなかで、首なしバイソラックスのことをゴキブリ・ゾンビと表現したが、その比喩はあながち的外れともいえなかったようだ。

映画やドラマのゾンビがそうであるように、このゴキブリ・ゾンビも頭をたたきつぶされると動けなくなってしまうらしい。たとえ胴体から切り離された首であろうと、首が健在なうちは胴体を動かすことが可能であるらしい。

しかし、映画やドラマの設定とは違うところもあった――それこそがつまり思いもよらない結果なのだったが――

首を破壊したとたんに……

爆発したのだ。

ブフメガス重戦車が一瞬、灼熱したように膨れあがり、真っ赤に爆発した。とっさに転がって避けたからよかったものの、そうでなければマナミはまともに高熱にさらされていたろう。たぶん骨の髄《ずい》までこんがり焼かれていた。

ブフメガス重戦車はそれまでマナミがいた場所にもんどりうって落ちてきた。地響きするような轟音とともに——

そして、また火柱を噴き上げた。真っ二つに裂けた。さらに熱風が猛烈な勢いで押し寄せてきた。獰猛《どうもう》なまでに、といっていい。

「ワァッ！」

マナミは転がりつづけた。必死に逃げつづける。

火炎がどこまでもあとを追ってくるかのように感じた。どこまで逃げてもこれで安心だという思いは得られなかった。だから、どこまでも転がった。もしかしたら悲鳴をあげつづけたかもしれない。

——どうしてバイソラックスの首を撃って戦車が爆発したのか？

そんな疑問が頭をかすめる。その疑問もまた転がりつづけているかのように感じた。

転がり、転がり、転がって——

「ここでストップ、もう大丈夫だから」上半身を起こしたところで、後ろからはがいじめにされた。

——サヤキの声だった。「あれを見て」

「え……何？　何を」

「いいから、見て」

「わかった」

見た。

その視界に——

黒々と人影がおどる。

ニラカだ。

炎上する戦車に突進していく。

おりしも戦車からもう一人のバイソラックスが下りてくるところだった。

手に（前肢に、というべきか）拳銃のようなものを持っていた。それを突進してくるニラカに向かって突きつけようとした。

そのときにはニラカは高々と跳躍していた。――宙で、剣を一旋、二旋させる。残光が交叉した。刹那の印象のように。

最初の一旋でバイソラックスの首を刎ねあげる。次の一旋でさらにその首を両断する……

たんに首を刎ねあげただけではバイソラックスを完全に殺すことはできない、という判断からなのだろう。前回に懲りて、念には念を入れたということかもしれない。

それにしてもニラカの体術、剣の冴えにはただもう驚き入るばかりだ。――跳躍しながら、剣を二度ふるって、相手を完全に仕留める……それでいて地に降り立ったときには息も切らしていないのだから。

「ああ、見たよ。たいしたもんだ。いい腕してるよね」

「そうじゃない。見るのはニラカなんかじゃない」

サヤキがじれったげに言った。「セカイなのよ。あなたが見るべきはセカイなの」

「セカイ……」

マナミはあらためて視線を凝らした。セカイを――

すでに尖塔はあらかた崩落してしまっている。その円筒型に湾曲した壁に亀裂《きれつ》が入っているのだ。

屋根の重さに耐えかねてか、その亀裂が徐々に広がりつつある。まるで目に見えない巨人が亀裂の縁に両手をかけてそれを押しひろげようとしているかのようだ。

いずれ尖塔そのものが崩れ去るのも時間の問題だろう。

亀裂のあわいに世界が見えている。

セカイは――

その中東的なたたずまいはすでに失われてしまっている。擬似的な――ハリウッド的なと言ったほうがいいか――エルサレムの街はいまはもうそれがたんなる見せかけでしかないことを隠そうとさえしていない。

その裏側から炙《あぶ》り出されるようにリアルが浮かびあがっているのだ。

しかし、これは何というリアルであることか！

あらわに、生々しく、そして悲惨なまでにあけすけだった。

まるで舞台のセットに強すぎるライトが当てられたかのようだ。その大道具、小道具の裏にさしわたされた骨組がぼんやり透かし見える。

この世界の骨組を成しているもの――それは「進化」なのだった。

誰から説明されるまでもない。それは手に取るように明らかだった。

ここにマイクロバイオーム環境に表現された世界がある。

彼方に実環境に表現された世界がある……

しかし、そのいずれも裏側から支え、不断に影響を与えつづけ、コントロールしているのは「進化」のセカイなのだ。

そのことは直感的にわかった。

ただ、それがあまりに途方もない（地質学的な）時間的なスケールと、とてつもなく広大な（全地球的な）空間的パースペクティブのなかにあるために……

いわば時空にまたがった透視図として広がっているために……、誰もとっさに全体を把握することができないのだった。

第一印象としては、峰《みね》から峰に、尾根から尾根に、谷から谷に、鞍部《あんぶ》から鞍部に、視野の達するかぎり、どこまでもつらなる高峰《たかみね》の風景のように見える。しかし、それがたんなる山岳《さんがく》風景であろうはずがない。

そのなかを無数に――無数という以上に無数に、――ありとあらゆる「進化」の可能性が動いているのだ。

全体像を見通すことができないのに、それら無数に動いているものが「進化の可能性」だということだけは直感的にわかる。こんな山岳風景があっていいはずはない。

それに……

その模擬的な山岳風景のさらに向こう側にも無数の「風景」が透かし見えているのだ。

それらはやはり山岳の「風景」のようでもあれば、摩天楼《まてんろう》の高層ビルがつらなっている「風景」のようでもあった。

奇妙奇天烈な抽象画のようでありながらそのくせやはり「風景」としか見えない風景もあった……

「なに、これ？」

マナミは呆然とつぶやいた。

「わたしが実世界環境に柵木沙耶希として存在したときに」とサヤキはなにか潰れたような声で言った。「凩枯蘆という妙な名前の学者と話をしたことがあるわ。本番前にね。そのとき凩枯蘆は、じつはこの世界の実相は『エボルブ・ライフスケープ』とでもいうべきものではないか、って妙なことを言ったのよ」

「エボルブ・ライフスケープ……」

わけがわからないながらもマナミはぼんやりサヤキの言葉をくり返す。

「凩はそれを説明するのに『進化生命景』という

言葉を使ったわ」サヤキは宙に指で字を書いて、

「そのエボルブ・ライフスケープがこの世界の実相であって……それを裏側から支えているのが無数のゲノム・ライフスケープ、エピジェネティック・ライフスケープであって——なんてことを得々と話してくれた。理屈を理解できなくてもいいんだって。感覚で理解してくれればいいんだって……」

「ゲノム・ライフスケープ、エピジェネティック・ライフスケープ……」

マナミもやはり具体的にそれが何であるかはわからなかった。けれども言葉のイメージから、何とはなしにぼんやりと全体の輪郭《りんかく》のようなものは把握できるように感じた。

なにより——

実世界環境も、マイクロバイオーム環境も、しょせんはかりそめの世界にすぎないのだ、ということがありありと実感として伝わってきたのだ。じつはそれらを実効支配しているのがこれら「進化生命景」なのだ、ということがヒリヒリと肌に痛いほどに感じられた。

妖《あや》しいまでに切実に、生々しく、リアルに……そのことは事実としてもう疑いようがなかった。

「エボルブ・ライフスケープは進化そのものをあらわす風景……ゲノム・ライフスケープは遺伝子の発現をあらわす風景……エピジェネティック・ライフスケープは細胞の状態をあらわす風景……凧によれば、たとえばエピジェネティック・ライフスケープのうえを無数に動いているあれらはそれぞれ細胞を、その位置は細胞分化の状態をあらわしてるというのよ。細胞がいちばん高い峰にあるときにはこれから何にでもなれる状態、つまり全能性の状態にあって、傾斜を転がって低い裾《すそ》におさまったときにそれが神経細胞であったり、血液細胞であったりするわけ。

　あの山岳の傾斜がその細胞分化の速度をあらわしている。細胞分化が極端に揺らぐようなことは少ない。それらはほぼ安定していておおむね決まった筋道をたどる。高いほうから低いほうに……それを運河化《カナリゼーション》と呼んでいる。

　その世界のあり方は、『エボルブ』の突然変異にしても、『ゲノム』の表現型への発生プロセスにしても変わりない。進化はおおむね保守的なもので、カナリゼーションにしたがって推移する。だけど——」サヤキの声がさらにかすれた。「凩が言うには、それにも例外がある。たとえばiPS細胞のように——iPS細胞はいったん分化した細胞を人為的に初原の全能型にリプログラミングさせる。これをエピジェネティック・ライフスケープに当てはめて考えると、低い位置から高い位置に戻ってしまうことを意味する。これってありえないことだよね。

　そのありえないことが現に細胞に起こっているのだとしたら、同じことが進化そのものに起こったとしてもふしぎはない。およそ六億年前付近、カンブリア紀と先カンブリア時代のはざまに起こったカンブリア爆発というのはつまりそういうことだった、と凩先生はそう言った。

　進化そのものがリプログラミングされた。いままた同じことが起ころうとしている。進化そのものがリセットされようとしている。それがつまり——」

「クトゥルフ爆発……」

　マナミの声はカラカラに渇いていた。それなのに、その声はほとんど悲鳴のように彼女自身の耳に轟《とどろ》いたのだ。

　そして、それに呼応するように——

　そこ、尖塔の亀裂に、何物か異形のものがチラリとその顔を覗かせたように感じられたのだ。一瞬、その姿をかいま見せて、こちらに視線を投げかけたかのように感じた。

　ほんの一瞬の――たぶん錯覚だったろう。錯覚だったと思いたい。

　サヤキが示唆したように、まさか、この世界の裏側に暗躍し、進化そのものを支配しているようなものが現実に存在していようとは思えない。

　アニメ世界を支配するアニメ監督のような……進化を支配する神のような、あるいは悪魔のような……クトゥルフが現実に存在しようとは……

　しかし、この肌に泡立つような戦慄、全身に氷柱が張るような恐怖をどう説明したらいいだろう。説明もできないし、そもそも理解を絶した存在なのだった。

　あれが……

　――クトゥルフ。


わたしが戦うべき真の敵……斃《たお》すべき真の相手……そう胸のなかで唱えたが、その言葉はむなしく空転した。

　いったい、どこの誰が、進化さえも支配する敵と戦うことなどできるだろう。

　どうやったら、わたしたち、チッポケなクトゥルフ少女がクトゥルフと戦うことなどできるのか？

　サヤキが何を示唆しようとしたのか、何を見せようとしたのか、マナミにもほんとうのところはわからない。

　ただ、マナミがそこに敏感に感じたそれは、誰の目にも明らかに見えるというようなものではなかったようだ。誰もが感じ取れるというものではなかったらしい。

　現に、バイソラックスの首を刎ね飛ばしたニラカは、何も気がついていないようなのだから。

サヤキのほうを振り返り、こう叫んだ。

「もうマカミたちは先に行っちゃいましたよ。早く追っかけないと間に合いませんことよ」

「うん」

サヤキはぼんやりうなずいた。もの問いたげな目でマナミを見つめた。

それから何かを振り切るように立ちあがる。左手の七色の包帯を——鞭を？——クルクルと巻きなおした。

「……」

マナミはなおも呆然と壁の亀裂を見つめたままだ。

無意識のうちにスカートのポケットから幾つもの眼帯を取り出した。

戦闘モードのピンクの眼帯を紫の眼帯に嵌めかえた。——紫の眼帯は虚妄を見透かして現実へといたる眼帯なのだった。


あらためて亀裂のあわいに目をやった。今度こそセカイの真実の姿が見えるのではないか、と期待して……

しかし、いまはもうそこには何も見えてはいない。すでに「世界の実像」はそこから完全に消えてしまっていた。

そこには再び、擬態としてのエルサレム、虚妄としての風景がもうろうと見えているだけだ。

——擬態としてのエルサレム、虚妄としての風景……

ふいに鋭い痛みにも似た悲しみがマナミの胸を突き刺した。

この世に擬態でないものがあるだろうか。虚妄でないものがあるか？　すべてがクトゥルフ＝進化のなかにあるのであれば——

そう、すべての生命体がいずれはクトゥルフ爆発の種レベルでの大変化のなかに津波に襲われたように押し流されていくのであれば……

7

そのとき――

炎上している戦車がふいに咆哮めいた音を放ったのだ。つづいて何かが軋むような音を響かせると――炎を航跡のように残しながら――こちらに向かって動いてきた。

まるで瀕死の巨獣だ。砲塔をぎしぎしと回転させた。

火の紛が舞い散るなかに砲口は黒々と正面から死のあぎとを覗かせた。それをピタりと突きつけた。

――えーっ、何で？

マナミはあっけにとられた。どうして、すでに搭乗員を失っているはずのブフメガス戦車がふたたび動き出すのか。なぜ、クトゥルフ少女たちに再度、戦意を向ける――などということが可能なのか。

「あれー、これ、どういうこと？　わけわかんないよ」ニラカがオロオロと言う。「ねえ、サヤキさん、教えて、何でこうなっちゃうわけ？」

「なんでって……」サヤキがうめくように言った。「わたしたちがバカだからだよ」

「バカって……何で？　わたしはバカかもしんないけど、サヤキさんはそうじゃないでしょ」

「ニラカ」

「うん」

「あんたはバカじゃないよ。ていうか、バカのふりするのやめてくんない？　ウザいんですけど」

「わーっ、サヤキさん、ひどーい」

二人のそんなやりとりを聞きながら、

――バカはわたしかもしれない。

マナミはそんな自嘲の念にとらわれていた。そのときになっても、いまだによく事情が呑み込めずにいるからだ。

サヤキは何を言っているのだろう？　ブフメガス戦車にはまだ息があるということなのだろうか。

いや、そんなはずはない……と思い直す。すでに戦車の搭乗員二人は完全に斃したはずではないか。もう他に搭乗員はいないはずなのに。それなのになぜ……

「あ……」

そこまで考えて、ようやくマナミは自分の愚かしい錯覚に気がついたのだ。とんでもない錯覚、じつに取り返しのつかない錯覚なのだった。

ブフメガスはたんなる装甲車輌ではない。それ自体、ゴキブリの寄生細菌ブフネラが、数々の遺伝子複合、遺伝子重複をくり返した末に発生した、独自の生命体なのだ。つまり、それ自体が生きている。

たしかにゴキブリの体内に寄生するブフネラは、宿主から離れては生存できないまでに退化してしまっている。自分の遺伝子では細胞膜さえ形成できないのだから、すでにバクテリアとさえ呼べないかもしれない。

が、その進化型であるブフメガスはそこまでは宿主に依存していないらしい。動いて、戦闘モードに入るというだけのことなら、必ずしも搭乗員の存在を必要としない。

それなのに、三人のクトゥルフ少女たちは誰もそのことを意識しなかった。

無意識のうちに、実世界環境における戦車とその搭乗員との関係を、マイクロバイオーム環境でのブフメガスとバイソラックスとの関係にそのまま当てはめて考えてしまう、という失敗を犯してしまった。

　そのことに一点の疑いさえ抱かなかったのだから、たしかにサヤキが自嘲するように「バカ」なのだったろう。

　――何てこった……

　マナミは苦い後悔を噛みしめる。

　そのことにもっと早く気づくべきだったのだ。ブフメガスの息の根をとめておくべきだった。が――現実に戦車が動いて、砲口を向けられたいまとなっては、すべてが手遅れだった。いまさらもうどうにもならない。それどころか――

　ピクリ、とでも動けば、戦車は容赦なくクトゥルフ少女たちを砲撃するにちがいない。どこにも逃げ場はないし、逃げるだけの時間もない。すべては致命的なまでに手遅れなのだった。

「サヤキさん、マナミちゃん……」

　ニラカもようやく事態の深刻さに気がついたようだ。泣きベソをかいたような表情で二人を見る。

「マナミちゃん、って呼ばないで」

　いつから、ニラカにちゃんづけ呼ばわりされるようになったのか。なにか、そのことがもの凄く意外なことのように感じて、マナミはそのことに反発せずにはいられなかった。

　が、それもまた、もしかしたらニラカの無意識のうちの――あるいは、テンネンの、といったほうがいいかもしれないが――作戦だったのかもしれない。

　彼女は実世界においては夫を殺害したのだという。本当だろうか。なにか信じられない気もするが……そのことが彼女の、自分でもそうと意識せずに、人から警戒心を解いてしまうようにふるまってしまうという行為を説明できるかもしれない。

そうだとしたら、さすがに「バカのふりをしている」というサヤキの観察眼はするどい。

「何で？　マナミちゃんはマナミちゃんじゃない」

「いいから呼ばないで」何でそう呼ばれるのにこれほど抵抗を覚えるのか自分でもわからなかったが、とにかくむしょうにイヤだった。「呼ぶなったら呼ぶな」

「わかった……」ニラカはあきらめたようにうなずいてサヤキに顔を向けると、「ねえ、サヤキさん、わたし、どうしよう」

「どうしようも何も――」サヤキは苦笑するようだった。「どうすることもできないんじゃない」

「そうですわよね。どうすることもできませんわよね……」

これがテンネンのふりをしているのだとしたら、ニラカという少女はじつに食えない。敵に対しても、仲間たちに対するように、自然に警戒心を解くようにふるまうのを忘れない。そのうえで――

ニラカは何の前兆も感じさせずに、いきなり戦車に向かって跳びかかろうとしたのだった。もっとも、いかにニラカが剣技に優れていようと装甲鋼鉄に通用するかどうか疑問だったが。それに……

突然、ニラカのまえに現れた千人隊の兵士たちがそれを制したのだった。

兵士たちは十数人、いずれもバイソラックスの翅が装甲甲冑型に変型していた。銃や、槍、剣などが甲冑と一体化された戦闘特化型だ。

「動くな」と叫びながら、壁の亀裂からドッと突入してきたのだ。

「わあっ」

ニラカは頭を抱えて逃げた。彼女の剣技は抜群に冴えているが、さすがにこれだけの人数を同時に相手にはできない。逃げるしかなかったろう。

三人のクトゥルフ少女たちは千人隊の兵士たちにグルリと取り囲まれてしまう。ブフメガス戦車砲に、兵士たちの銃、槍、剣……笑い出したくなるほどまでに徹底して絶望的な状況だ。

「……」

一瞬、二瞬、息づまるような緊張がつづいたが、サヤキがフッと笑って、その緊張を解いた。

「これって、やっぱ、わたしたちのなかに裏切り者がいるってことよね」ため息まじり、苦笑まじり、何か投げ出すように言う。「やってらんないよ」

「ど、どうして、サヤキさん。そんなふうに決めつけるのって、ウユウがかわいそうだよ。いくら、この場にいないからってさ。だって、だって――ウユウは、そんな、サヤキさんが考えてるほど悪い子じゃないんだから」

「だからー、バカなふりしないのよ、ウザいってそう言ったでしょ」サヤキは笑った。「なにも裏切り者はウユウとばかりはかぎらないんだから」

サヤキの視線がチラリとこちらに向けられたように感じて、さすがにマナミは平静ではいられなかった。

「なによ、それじゃ、わたしがその裏切り者だってわけ？」

マナミの非難がましい口調にもサヤキは動じようとしなかった。ただ、フン、と鼻で笑う。

この少女にはクラスの副委員長という印象がある。さしずめ委員長はマカミか。委員長が人から好かれてクラスのみんなから推されるのに比して、彼女のほうはその優秀さと冷酷さから副委員長に選ばれるという印象が強いのだ。

新撰組でいえば副長の土方歳三というところか。ただしこの新撰組には局長の近藤勇がいないのだが。

　サヤキは平然とこう切り返した。

「あなたのキャラ設定はヤンデレだもん。仲間に迎えるのにこれ以上ヤバい存在はないんじゃないかな。だって、マカミを助けるためだったら――ていうかマカミを独占するためだったら――わたしたちを皆殺しにしかねないわけでしょ。あなた、千人隊にわたしたちを売るぐらいヘッチャラでやるよね」

「……」

　マナミは返す言葉につまった。――じつに反論の余地がない。そのとおりだからだ。

　マカミのことを考えると身も世もないやるせなさに息がつまりそうになってしまう。自分でも異常だと思うほどに。マカミのためだったら何でもできる。たしかに、マカミを独占するためだったら、少女隊の仲間たちを裏切るぐらい平気でやるだろう。

「アー、そんなこと言うわけ」が、ニラカはマナミのようにただ言い負かされるままにはなっていなかった。「だったらさ。サヤキさんだってあまり立派な口はきけないんじゃない？　だって、ヨハネと戦ったときにさ、わたしたちの死体を平気で利用したじゃないですか」

「そういうこと――」サヤキは悪びれずに微笑した。「要するに――わたしたちは『旅の素敵な仲間たち』ということよね」

　サヤキが口にしたのは、とあるヒットしたファンタジー映画の題名のもじりだったようだ。その映画では、何人もの仲間たちがパーティを組んで冒険の旅に出て、その友情と団結心から見事に目的を達成する……

　その「旅の素敵な仲間たち」とバラバラな彼女たち「クトゥルフ少女隊」とを比べることは、すでにそれ自体で辛辣な皮肉になっている。要するに、この副委員長はたんに頭がいいだけではなくて、底意地も悪いわけなのだろう。

が、彼女たちがそんな無駄口をたたいているのも、ほかに何もできることがないからだ。戦うことができないのはもちろん、逃げることさえできない。

千人隊はバイソラックス兵たちのいわば特殊部隊だ。練度も高ければ士気も高い。

びっしりと槍、剣、銃口を一列につらね、じりじり前進してきて、一分の隙もない。

少女たちはなすすべもなく壁際にまで追いつめられていた。

「おまえたちは何者だ？　どうしてマカミを助けようとする？」

なかの一人——たぶん彼らのリーダー格なのだろう——がそう訊いた。

「わたしたちはマカミなんて知らない」

サヤキが平然とそう応じる。この少女はどんなときにもおよそ動揺するということがないようだ。しれっ、とした口調でそう言った。

マナミはそれを聞きながら、これで二度目だ、とそう思った。

——ブフメガスが二度鳴くまえにきみたちは三度ぼくを知らないっていうはずだよ。

それがいつ、どこでのことだったかはっきりと記憶にないのだが、たしかマカミからそう聞いたことがあるように思う。

——あと一度、ブフメガスが二度鳴くまえに、わたしたちはマカミのことを知らないと言うことになるのだろうか。

ふと、そのわたしたちという言葉に、自分が思いがけないほど強く反応するのを覚えた。ほとんど衝撃的なまでに——といおうか。だれかに頭のなかを蹴りつけられたかのような強烈なショックだ。

――わたしがマカミを助けるのではなしに、わたしたちがマカミを助ける……

なにか、そのことがありうべからざることであるように感じた。あってはならないことであるように感じた。

――そんなのイヤだ、絶対にイヤだ……

理性ではそれがヤンデレであることはわかっていた。不条理で理不尽な衝動――それに押し流されるままに行動することがどんなに愚かしいことであるかも十分にわかっていた。しかし――

不条理で、理不尽で、愚かしいからこそそのヤンデレなのだろう。一度、この衝動にとり憑かれた人間は、だれもこれから逃れることはできない。サソリに刺されたようにその毒が全身に回ってしまう。自分も滅びるが、人も滅ぼしてしまう……

「この二人がマカミを知らないなんて嘘だ。この二人はマカミを助けようとしてる。何とか処刑場から脱出させようとしてる」

気がついたときにはマナミはそう口走っていた。

「えーッ」ニラカが叫んだ。「マナミちゃんって裏切り者だったんですかぁ」

バイソラックス兵士たちが一斉に動いた。サヤキとニラカに殺到する。二人はたちまち兵士たちに捕獲されてしまう。

「マナミちゃんってひどーい」兵士たちの渦のなかでニラカの声が悲鳴のように尾を曳いた。「ンなのないよ。わたしたち仲間なのに」

――仲間じゃねーし。

マナミはそう頭のなかで否定しながら、しかしさすがにそれを口に出すことはできずにいる。仲間であろうがなかろうが、裏切ったという事実に変わりはないからだ。ではあっても――

ふしぎなほど自責の念は感じなかった。むしろ自分はやるべきことをやったのだ、という思いのほうが強い。

――だって、マカミはわたしのものなんだからね……絶対に誰にも渡さないんだからね……

ただ、それだけを呪文のように頭のなかでくり返している。ヤンデレはわたしの本性的なキャラなのだからこうする以外にはなかったのだ、と自分に言いきかせる。一点の疑いの念さえ抱かずに。

「さすがにヤンデレだけのことはあるよね。あんたはユダなんだ。マカミのためならわたしたちを平気で売りとばすってか」サヤキが兵たちに連行されながら妙に明るい声でそう言った。「だけど、どうして自分がヤンデレなのか、その理由をよく考えたほうがいいよ」

――え、何？　それってどういう意味？

が、マナミにそれを問い返す時間は与えられなかった。すでにそのときにはサヤキの姿は遠のいていた。

ニラカが反抗的に叫ぶ声が聞こえたがそれも途切れるようにプツリと消えた。

――たぶん彼女たちはマカミと一緒に処刑されるんだろーな。

そう考えたとたん胸の底を刃物で抉られるような痛みが走った。

後悔？　慚愧《ざんぎ》の念？

いや、それはそれよりももっと深く複雑に錯綜した感情であるようだった。

そして――

千人隊の隊長が満面に笑みを浮かべながら近づいてきた。少女たちを裏切ったのだからマナミは自分たちの味方に間違いない、という絶対の自信をたたえた表情だった。

それを見てマナミの胸をそれまでついぞ覚えたことのない感情がよぎった。

自己嫌悪、だろうか。それとも自己喪失？　いや、たぎるような怒りだった。自分自身に対しての、そして自分をこんなふうに創造したクトゥルフに対しての――激しい怒り！

第二部へつづく……

後書き

もともとは「クトゥルフ文法帳」というお話を書くつもりでいました。タイトルからわかるように、山田風太郎さんの忍法帳をお手本にして、クトゥルフと、夏目漱石《そうせき》たち黄泉《よみ》からよみがえった文豪たちとの死闘を書くつもりでした。

文豪たちの物語だから忍法帳ではなしに文法帳——そこそこ才気は感じられるし、それなりに読者を驚かせることもできるし、まあまあ書いて賞められるかな、とも予想しました。

幸い——といっていいかどうか、石川啄木《たくぼく》、宮沢賢治の二人は、以前に小説のテーマにしたことがあって、ある程度の知識と資料はあります。漱石と啄木とは生前に朝日新聞を通じて関係がありましたし、賢治は啄木の学校の後輩で、啄木の詩作に非常に感化されています。

この三人に、無名の作家志望の若者をまじえて、四人対クトゥルフ、の戦いにすればいいのではないか……と考えたのでした。

それがどうして「クトゥルフ少女戦隊」などという作品になってしまったのか？　一つには夏目漱石の物語は以前から考えていたストーリーがあって、それをむりやりクトゥルフ物語に嵌め込むのに抵抗を覚えたから、ということがあります。もう一つには……気がついたら四人のクトゥルフ少女たち——眼帯のマナミ、包帯のサヤキ、眼鏡のニラカ、それに赤毛のウユウ――がちゃっかり頭のなかに入り込んでいた、からなのでした。

クトゥルフ物に、戦闘美少女の「戦隊」物……それに本格ＳＦテーマまでもが加わったのは、なにもジャンルの越境をはかったからでもなければ、奇をてらったわけでもありません。私としてはそれなりの必然性があってのことなのでした。

それだけに書いてて力が入りました。あまり肩に力が入ると、ろくなことにならない、ということは経験上わかっていますから、執筆中、できるだけ作品からそっぽを向いているように努めたのですが、それでも力が入りすぎたことは否めません。

その結果が、一冊にはおさまらずに、二冊分冊ということになってしまったわけなのでした。

予定枚数に達しても終わらない……書いても書いても終わらない――というのは、私にはさしてめずらしいことではないのですが、それでもさすがに倍に膨れあがった、というのはあまり経験したことがありません。反省すべきかもしれませんが、そのぶん、おもしろくしたい、と一生懸命がんばったつもりです。謝りますので、許してください。

もちろん、この第一部「セカイを私のスカートに」だけお読みになっても十分に楽しんでいただけることと思います。

第二部「セカイの中心で私《アイ》を叫ぶケモノ」は、十一月に発売される予定ですので、そちらをあわせて楽しんでいただければ、版元と作者が二倍喜びます。

どうかご贔屓《ひいき》のほどをよろしくお願いします。

山田　正紀

近刊予告

『クトゥルフ少女戦隊　第二部』

――セカイの中心で私《アイ》を叫んだケモノ

サヤキとニラカの二人が『進化』の底へと向かっている。進化の内部構造にといたる螺旋を一センチ、また一センチと、瓜をたてるようにしてよじ登っているのだ。とてつもなく巨大で空っぽな虚空のなかを。

「ねえ、サヤキさん、こんなのって無意味なんじゃないかな。ナンセンスじゃないかな」

「無意味さ、ナンセンスさ」サヤキはその唇に、とても美しく、とても獰猛な笑いをクッキリ刻んだ。「だけど、それを言うなら、『進化』そのものがすべて無意味で、ナンセンスなんだよ。それをまるで意味があるものかのように見せかけて、これほどまでに残酷に生きるのを強いている。どういうつもりなんだか。そいつの顔にツバを吐きかけてやりたいじゃないか。一言、いってやりたいじゃないか」

「でも」

「何だい」

「奴らが来た」

虚空のなかに雲霞のように途方もない数の敵の大群が拡がった。押し寄せてきた。

榊原はベッドのうえの彼女に向かって言った。「おまえがマナミなのか、そうなのか」その表情にしだいに驚愕の色がひろがっていった。

進化闘技場《コロシアム》がバイソラックスたち多勢の観客でどよめいた。「殺せ、殺せ、殺せ」の声でコロシアムか揺れんばかりだ。

「やれやれ」 ウユウが槍を持って立ち上がった。

「おれたちの命もいよいよ今夜かぎりか」

「行けるところまで行くのよ」

マナミが右腕のランドルフ銃にガチャッと音をたてて弾倉を入れた。

「ここまで来たら何がどうあってもラスボスに会わなきゃ。クトゥルフに会わなきゃ死んでも死にきれない」

そして二人は肩を並べて鮮血のコロシアムに出ていった。


『クトゥルフ少女戦隊』第二部、絶賛執筆中！

十一月発売を待て！

《好評既刊　オマージュ・アンソロジーシリーズ》

〈ホームズ鬼譚～異次元の色彩〉　本体価格・一七〇〇円

◆「宇宙からの色の研究」　山田 正紀

◆「バスカヴィル家の怪魔」　北原 尚彦

◆「バーナム二世事件」（ゲームブック）　フーゴ・ハル

《宇宙からの色の研究》「異常な状況下における“拘禁性神経障害とその呪い”」という専門分野のために、私は法廷に召喚された。その法廷の被告人は、ある男性を「ライヘンバッハの滝」の突き落した容疑で告発されていた。

《バスカビル家の怪魔》 17世紀半ば、ダートムアの地に隕石が墜ちる。夜の荒れ地はぼうっと燐光を放ち、果樹園では異常なほど大きな果実が実る。荒れ地の草を食べた羊は凶暴化したという。

《バーナム２世事件》 2011年、ミスカトニック大学で、ワトスン博士の未発表の手記が発見された。手記の内容は 19 世紀末のロンドンで起きた怪奇な殺人事件をめぐるものだった。

《好評既刊　オマージュ・アンソロジーシリーズ》

〈闇のトラペゾヘドロン〉　本体価格・一六〇〇円

◆「闇の美術館」　倉阪鬼一郎

◆「マ★ジャ」　積木鏡介

◆「闇を彷徨《さまよ》い続けるもの」（ゲームブック）　友野詳

《闇の美術館》 東北地方の中堅都市、星橋市をウルトラマラソンの下見に訪れた黒田と滝野川。レンタカーでコースを走る途中に立ち寄った「闇の美術館」で目にしたものは、〈ロバート・ブレイク〉という名前の、作家兼画家の作品の数々であった。

《マ★ジャ》 幼い少女モモとモノクロは夢の中を渡り歩き、メーアン様を目指す。折しも現実ので起こる猟奇殺人事件の犯人たちは〈冥闇様〉を目指していた。

《闇を彷徨い続けるもの》破滅した世界であなたの精神は結晶体に封じられ、時の彼方に飛ばされた。唯一可能なのは生き物にイメージを見せて誘導すること。あなたは人に戻ることができるか？

クトゥルー・ミュトス・ファイルズ
The Cthulhu Mythos Files
好評既刊

邪神金融道　菊地 秀行

妖神グルメ　菊地 秀行

邪神帝国　朝松 健

崑央（クン・ヤン）の女王　朝松 健

チャールズ・ウォードの系譜
朝松 健　立原 透耶　くしまち みなと

邪神たちの2・26　田中 文雄

ホームズ鬼譚～異次元の色彩
山田 正紀　北原 尚彦　フーゴ・ハル（ゲームブック）

邪神艦隊　菊地 秀行

超時間の闇
小林 泰三　林 譲治　山本 弘（ゲームブック）

インスマスの血脈
夢枕 獏×寺田克也（絵巻物語）　樋口 明雄　黒 史郎

ユゴスの囁き
松村 進吉　間瀬 純子　山田 剛毅（浮世絵草紙）

クトゥルーを喚ぶ声
田中 啓文　倉阪 鬼一郎　鷹木 骰子（漫画）

呪禁官　百怪ト夜行ス　牧野 修

ヨグ＝ソトース戦車隊　菊地 秀行

戦艦大和　海魔砲撃　田中文雄×菊地 秀行

無名都市への扉
岩井 志麻子　図子 慧　宮澤伊織/冒険企画局（TRPGシナリオ＆リプレイ）

闇のトラペゾヘドロン
倉阪 鬼一郎　積木 鏡介　友野詳（ゲームブック）

クトゥルー・ミュトス・ファイルズ
The Cthulhu Mythos Files

クトゥルフ少女戦隊
第一部　セカイを私のスカートに

2014年10月1日　第1刷

著　者
山田 正紀

発行人
酒井 武史

カバーイラスト、本文中のイラスト　猫将軍
帯デザイン　山田 剛毅

発行所　株式会社　創土社
〒165-0031東京都中野区上鷺宮5-18-3
電話03-3970-2669　FAX 03-3825-8714
http://www.soudosha.jp

印刷　株式会社シナノ
ISBN978-4-7988-3019-3　C0093
定価はカバーに印刷してあります。

《近刊予告》

『魔空零戦隊』菊地 秀行

ルルイエが浮上して一年、世界はなお戦闘を続けていた。莫大な戦費を邪神対策に注ぎ込みながら、何故国同士の戦いを止めぬのか。恐るべきことに、世界に歩調を合わせるように、ルルイエの送り出す兵器もまた進歩を遂げていった。

ヨーロッパには邪神の骨格に皮膚を張り付けた飛行空母と、それが送り出す飛行船が爆撃を敢行《かんこう》し、大西洋では奇怪なる生物艦隊が、連合国艦隊と死闘を繰り広げていた。ルルイエには邪神たちの超技術が封印されていたのだ。

一方、南海の孤島に、ある密命を帯びた飛行小隊が駐屯《ちゅうとん》していた。米英軍はもちろん、クトゥルー一派もこの小さな島を無視した。だが、ついにクトゥルー猛攻の時が来た。襲いかかる怪戦闘機と海底からの魔物。壊滅を覚悟したその時、彼方より轟《とどろ》く爆音に魔性たちは戦慄《せんりつ》する。かつて“魔人”と恐れられながら、戦火の彼方に消えた伝説の名パイロットが、愛機と共に帰ってきたのだった。

彼は告げる。

「やがてクトゥルーが出現するその日、我々はルルイエ空爆を敢行する。おれの使命は当日までにお前たちを今以上のパイロットに鍛え上げることだ。人間以上のパイロットにな」

時を同じくして、太古の帆船とおぼしい船から、一個の柩《ひつぎ》が流れ着く。基地に出没する白い少女はそこに眠るものか？　そしてルルイエの意を汲んだスパイも暗躍を開始した。遂に、凄絶《そうぜつ》な訓練を経た飛行隊とクトゥルー戦隊とが矛《ほこ》を交える時が来た。海魔ダゴンと深きものたちの跳梁《ちょうりょう》。月をも絡めとる触手。夜ごと響き渡る妖女ハイドラの呪声、そんな中で白い少女と若きパイロットの恋は実るのか？　遥か南海の大空を舞台に、奇怪なる生物兵器と超零戦隊が手に汗握る死闘を展開する！

《2014年10月末発売予定》